目録（第二册）

第九回至第十九回

第九回
戀風流情友入家塾　起嫌疑頑童鬧學堂　一六七

第十回
金寡婦貪利權受辱　張太醫論病細窮源　一八一

第十一回
慶壽辰寧府排家宴　見熙鳳賈瑞起淫心　一九四

第十二回
王熙鳳毒設相思局　賈天祥正照風月鑒　二〇九

第十三回
秦可卿死封龍禁尉　王熙鳳協理寧國府　二二一

第十四回
林如海捐館揚州城　賈寶玉路謁北靜王　二三七

第十五回
王鳳姐弄權鐵檻寺　秦鯨卿得趣饅頭庵　二五二

第十六回
賈元春才選鳳藻宮　秦鯨卿夭逝黃泉路　二六五

第十七回
大觀園試才題對額　怡紅院迷路探曲折　二八五

第十八回
慶元宵賈元春歸省　助情人林黛玉傳詩　三〇五

第十九回
情切切良宵花解語　意綿綿靜日玉生香　三三一

第九回

戀風流情友入家塾　起嫌疑頑童鬧學堂

【回前】君子愛人以道，不能減牽戀之情；小人圖謀以霸，何可逃侮慢之辱？幻境幻情，又造出一番曉妝新樣。

話說秦業父子，專候賈家的人來送上學擇日之信。原來寶玉急于要和秦鐘相遇，（妙！不知是怎樣相遇。）卻顧不得別的，遂擇了後日一定上學。『後日一早，請秦相公先到我這裏，會齊了，一同前去。』打發人送了信。

是日一早，寶玉未起，襲人早已把書筆文物包好，收拾得停停妥妥，坐在炕沿上發悶。（蒙側：此等神理，方是此書的正文。）◎（神理可思。忽又寫小兒學堂中一篇文字，亦別書中之未有。）見寶玉醒來，衹得伏侍他梳洗。寶玉見他悶悶的，因笑問道：『好姐姐！（開口斷不可少此三字。）你怎麼又不自在了？難道怪我上學去，丟的你們冷清了不成？』襲人笑道：『這是那裏話。讀書是極好的事，不然就潦倒一輩〔一〕子，終久怎麼樣呢。但衹一件：衹是念書的時節想着書，（蒙側：襲人方才的悶悶，此時的正論，請教諸公，設（原作投）身處地，亦必是如此方是。真是曲（原作屈）盡情理，一字也不可少者！不念的時節想着家些。別和他們一處玩鬧，蒙側：長亭之囑，不過如此。碰見老爺不是玩的。雖說奮志要強，那功課寧可少些，一則貪多嚼不爛，二則身子也要保重。這就是我的意思，你可要體諒〔二〕着些。』書正語細囑一番。蓋襲卿心中，明知寶玉他并非真心奮志之人，襲人自別有說不出來之話。襲人說一句，寶玉應一句。襲人道：『大毛衣服我也包好了，交出給小子們去了。學裏冷，好歹想着添換，比不得家裏有人照看。腳爐手爐的炭也交出去了，你可逼着他們添。那一起懶賊，你不說，他們樂得不動，白凍壞了你。』寶玉道：『你放心，到外頭我自己會調停的。蒙側：無人體貼，自己扶持。你們也別悶死在這屋裏，常〔三〕和林妹妹一處去玩笑才好。』說着，俱已穿戴明白，襲人催他去見賈母、賈政、王夫人等。寶玉又囑咐了晴雯、麝月等人幾句，蒙側：這才是寶玉的本來面目。方出來見賈母。賈母未免也有幾句囑咐的話。然後去見王夫人，又出來書房中見賈政。

偏生這日賈政回家的早，若俗筆則又雲不在家矣。試思若再不見，則成何文字哉？所謂不敢作安逸苟且塞責文字。正在書房中與相公們閑話。見寶玉進來請安，回說上學去，便冷笑道：『你如果再提「上學」兩字，連我也羞死了。這一句才補出已往許多文字。是嚴父之聲。依我說，你竟玩的是正理。仔細站臟了我這地，靠臟了我的門！』畫出寶玉的俯首挨壁之形象來。衆清客們早起身笑道：『老世翁何必如此。今日世兄一去，二三年就可顯身成名了，斷不似往年仍作小兒之態的。天將飯時，世兄竟快請罷！』說着，便有兩個年老的攜了寶玉的手，走出去了。

賈政便問：『跟寶玉的是誰？』衹聽外面答應了兩聲，早進來了三四個大漢，打千兒請安。賈政看時，認得是寶玉的奶母之子，名喚李貴。因說道：『你跟他上了幾年學，他到底念了些什麼書！倒念了些流言混語在肚子裏，學了些精致的淘氣。等我閑了，先揭揭你的皮，再和那不長進的算帳！』唬得李貴忙雙膝跪下，摘了帽子，磕頭有聲，連連答應『是』，蒙側：此等話似覺無味無理，然而作父母的，到無可如何處，每多用此等法術，所謂百計經營、心力俱瘁（原作碎）者。又回說：『哥兒已念到第三本《詩經》，什麼「呦呦鹿鳴，荷葉浮萍」，小的不敢撒謊。』說的滿座哄然大笑起來。賈政也撐〔四〕不住笑了。說道：『那怕再念三十本《詩經》，也都是虛應故事而已。你去請學裏太爺安，就說我說的：什麼《詩經》、古文，一概不用念，衹是先把《四書》講明背熟，是要緊的。』李貴忙答應『是』，見賈政無話，方退了出去。

此時寶玉站在院外靜候，待他們出來，便忙忙的走了。李貴等一面撣衣服，一面說道：『可聽見不曾？先要揭我們的皮呢！人家的奴才跟主子，賺些好體面，我們這等奴才，白陪着挨打受罵的。從此後也可憐見些才好。』蒙側：可以謂能達主人之意，不辱君命。寶玉笑道：『好哥哥！你別委屈，我明兒請你。』李貴道：『小祖宗，誰敢望請！祇求你聽一兩句話就完了。』說着，又至賈母這邊，秦鐘已早來等候了，賈母正和他說話兒呢。此處便寫賈母愛秦鐘一如其孫，至後文方不突然。于是二人見過，辭了賈母。寶玉忽想起未辭黛玉，妙極！何頓挫之至！余已忘却，至此心神一暢，一絲不走。又來至黛玉房中來作辭。彼時黛玉才在窗下對鏡，聽寶玉來說上學去，因笑道：『好，這一去，可要「蟾宮折桂」了。蒙側：此寫黛玉，差强人意。《西厢》雙文，能不抱愧？我不能送你了。』寶玉道：『好妹妹，等我下了學再吃晚飯。那胭脂膏子也等我來再制。』嘮叨了半日，方撤身去了。如此總一句，更妙！黛玉又叫住問道：『你怎麼不去辭辭寶姐姐去？』必有是語，方是黛玉。此又系黛玉平生之病。寶玉笑而不答，蒙側：黛玉之問，寶玉之笑，兩心一照，何等神工鬼斧文章！竟同秦鐘上學去了。靖眉：此豈是寶玉所樂爲者？然不入家塾則何能有後回試才、結社文字？作者從不作安逸苟且文字，于此可見。此以俗眼讀《石頭記》也，作者之意又豈是俗人所能知。余謂《石頭記》不得與俗人讀。

原來賈家之義學，離此不遠，不過一裏之遥，系當日始祖所立，恐族中子弟，有不能請師者，即入此中肄業。凡族中有官爵之人，皆有供給銀兩，按俸之多寡幫助，為學中之費。特舉年高有德之人為塾之長，專為訓課子弟。蒙側：創立者之用心（原作必），可謂（原作爲）至矣。今寶、秦二人來了，一一的都相見過，讀起書來。自此，二人同來同往，愈加親密。又兼賈母愛惜，也時常留下這秦鐘，住上三天五夜，和自己的衆孫一般疼愛。因見秦鐘家中不甚寬裕，又助些衣履等物。不上一月之後，秦鐘在榮府便熟慣了。交代的清。寶玉終是不能安分守己的人，靖眉：安分守己，也不是寶玉了。◎寫寶玉總作如此筆。一味的隨心所欲，又發了癖性，又特向秦鐘悄說道：『咱二人一樣的年紀，況又同窗，此後不必論叔侄，祇論弟兄朋友就是了。』蒙側：『悄說』之時何時？捨尊就卑何心？隨心所欲何癖？相親愛密何情？先是秦鐘不肯，當不得寶玉不從，祇叫他『兄弟』，或叫他的表號，秦鐘〔五〕也祇得混着亂叫起來。

原來，這學中雖都是本族人與些親戚的子弟，俗語說的好：『一龍九種，種種各別。』未免人多了，就有龍蛇混雜，下流人物在內。伏一筆。自寶、秦二人來了，都生的花朵一般的模樣，又見秦鐘靦腆溫柔，未語先面紅，怯怯羞羞，有女兒之風；寶玉又是天生成慣能作小眼低，賠身下氣，性情體貼，話語纏綿，凡四語十六字上，用『天生成』三字，真正寫盡古今情種人也。因此二人又這般親厚，也怨不得那起同窗人起了嫌疑之念，都背地裏你言我語，淫污之談，布滿書房內外。伏下文阿呆爭風一回。

原來薛蟠自來王夫人處住後，便知有一家學，學中廣有青年子弟，不免偶動了龍陽之興。因此也假說來上學讀書，不過是三日打魚，兩日曬網，白送些束脩禮物與賈代儒，卻不曾有一些進益，祇圖結交些契弟。誰想這學內就有好幾個小學生，圖了薛蟠的銀錢吃穿，被他哄上手的，也不消多說。先虛寫幾個淫浪蠢物，以陪下文，方不孤不板。◎辰：伏下金榮。更又有兩個多情的小學生，此處用『多情』二字方妙。亦不知那一房的親眷，亦未考真名姓，一并隱其姓名，所謂具菩提之心，秉刀斧之筆。

祇因生得嫵媚風流，滿學中都送了他兩個外號，一個叫『香憐』，一個叫『玉愛』。雖都有竊慕之心，『將不利于孺子』之意，詼諧得妙，又似李笠翁書中之趣語。祇是都懼薛蟠的威勢，不敢來沾惹。如今寶、秦二人一來了，見了他兩個，也不免繾綣羨愛，亦因知系薛蟠相知，故未敢輕舉妄動。香、玉二人心中，也一般的留情與寶、秦。因此四人心中，雖有情意，祇未發迹。每日一入學中，四處各坐，卻八目勾留，或設言托意，或咏桑寓柳，遥以心照，卻外面自為避人眼目。小兒之態活現，掩耳偷鈴者亦然，世人亦復不少。不意偏有幾個滑賊，看出形景來，都背後擠眼弄眉，或咳嗽揚聲，蒙側：才子輩偏無不解之事。◎又畫出歷來學中一群頑皮來。這也非止一日。

可巧這日代儒有事，早已回家去了，祇留下一句七言對聯，命衆對了，明日再來上書。將學中之事，又命長孫賈瑞又出一賈瑞。掌管。妙在薛蟠如今不大來學中應卯了，因此秦鐘趁此和香憐擠眼，使暗號，二人假作出小恭，走到後院說私己話。秦鐘先問他：『家裏的大人可管你交朋友不管？』妙問，真真活跳出兩個小兒來。一語未了，祇聽背後咳嗽了一聲。太急了些，該再聽他二人如何結局，正所謂小兒之態也。酷肖之極！二人唬的回頭看時，原來窗友名金榮者。妙名。蓋雲有金自榮，廉耻何益哉？香憐本有些性急，便羞怒相激，問他道：『你咳嗽什麼？難道不許我們說話不成？』金榮笑道：『你們說話，難道不許我咳嗽不成？我祇問你們：有話不明說，誰許你們這樣鬼祟的，幹什麼故事？我可也拿住了，還賴什麼！先得讓我抽個頭兒，咱們一聲兒不言語，不然，大家就奮起來。』秦、香二人急的飛紅了臉，便問道：『你拿住什麼了？』金榮笑道：『我現拿住了是真的。』說着，又拍着手笑嚷道：『貼的好燒餅！你們都不買一個吃去？』秦鐘、香憐又氣又急，忙進來向賈瑞前，告金榮無故欺負他兩個。

原來這賈瑞最是個圖便宜、沒行止的人，每在學中，以公報私，勒索子弟們請他。蒙側：學中亦自有此輩，可爲痛哭。後又附助着薛蟠，圖些銀錢酒肉，一任薛蟠橫行霸道，他不但不管約，反助紂為虐討好兒。偏那薛蟠本是浮萍心性，今日愛東，明日愛西，近來又有了新朋友，把香、玉二人又丢開一邊。就連金榮亦是當日好友，因有了香、玉二人，便弃了金榮。近日連香、玉亦已見弃。故賈瑞便無了提攜幫助之人，他不說薛蟠弃舊迎新，衹怨香、玉二人不在薛蟠前提攜他了，靖眉：前有幻境遇可卿，今又出學中小兒淫浪之態，後文更放筆寫賈瑞正照。看書人細心體貼，方許你看。◎無耻小人，真有此心。因此賈瑞、金榮等一幹人，正醋妒他兩個。今見秦、香二人來告金榮，賈瑞心中便不自在起來，雖不好呵叱秦鐘，卻拿着香憐作法，反說他多事，着實的搶白了幾句。香憐反討了沒趣，連秦鐘也訕訕的各歸座位去了。金榮益發得了意，搖頭咂嘴的，口內還說許多閑話，玉愛偏又聽見了不忿，兩個人隔着桌子咕咕唧唧的角起口來。金榮衹一口咬定說：『方才明明的撞見他兩個，在後院裏商議着怎麼長短〔六〕。』蒙側：『怎麼長（原作長麼）短』四字，何等韵雅，何等渾含！俚語得文人提來，便覺有金玉爲聲之象。金榮祇顧得意亂說，卻不防還有別人，誰知早又觸怒了一個。你道這一個是誰？

原來此人名喚賈薔，新而艷，得空便入。系寧府中之正派元孫，父母早亡，從小兒跟着賈珍過活，如今長了十六歲，比賈蓉生的還風流俊俏。他弟兄二人最相親〔七〕厚，常相共處。寧府中人多口雜，那些不得志的奴僕們，專能造言誹謗主人，不知又編出些淫污之詞。賈珍亦風聞得些口聲不大好聽，自己也要避些嫌疑，如今竟分給房舍，命他搬出寧府，自去立門戶過活去了。蒙側：此等嫌疑不敢認真搜查，悄爲分計，皆以含而不露爲文，真是靈活至極之筆。這賈薔外相既美，亦不免招謗，難怪小人之口。內性又聰明，雖應名來上學，不過虛掩耳目而已。仍是鬥雞走狗，賞花閱柳從事。上有賈珍溺愛，貶賈珍最重。下有賈蓉匡助，貶賈蓉次之。因此族中人不敢觸逆他。他既和賈珍、賈蓉最好，今見有人欺負秦鐘，如何肯依？自己要挺身出來報不平，心中且又忖度一番：這一忖度，方是聰明人之心機，寫得最好看，最細致。『金榮、賈瑞都是薛大叔的相知，素來我又與薛大叔相好，倘或我一出頭，他們告訴了老薛，先曰薛大叔，次曰老薛，寫盡驕侈紈袴。豈不傷了和氣？待要不管，如此謠言，大家都沒趣。如今何不用計制伏，又息口聲，又不傷臉面。』想畢，也裝作出恭，走至外面，悄悄把跟寶玉的書童名喚茗烟者又出一茗烟。喚至身邊，如此這般，調撥他幾句。如此便好，不必細述。

這茗烟乃是寶玉第一個得用的，而且又年輕不諳事，今聽賈薔說金榮如此欺負秦鐘，連他的爺寶玉都幹連在內，不給他個利害，下次越發難制了。這茗烟無故就要欺壓人的，如今聽了這話，又有賈薔助着，便一頭進來找金榮，也不叫相公，祇說：『姓金的，你是什麼東西！』賈薔便跺一跺靴子，故意整整衣服，看了看日影兒說：『是時候了。』遂先向賈瑞說有事要早走一步。賈瑞不敢強他，祇得由他去了。這裏茗烟走進來，便一把揪住金榮，蒙側：豪奴輩，雖系主人親故亦隨便欺慢，即有一二不服（原作伏）氣者，而豪家多是偏護家人。理之所無，而事之盡有，不知是何心思，實非凡常可能測略。問道：『我們的事，管你甚麼相幹（八）！你是好小子，出來動動你茗人爺！』唬的滿室中子弟都怔怔的痴看。賈瑞忙吆喝：『茗烟不許撒野！』金榮氣黃了臉，說：『反了！反了！奴才小子都敢如此撒野！我祇和你主子說。』便奪手要去抓打寶玉、秦鐘。好看之極！尚未去時，從腦後颼一聲，早見一方瓦硯飛來，好看好笑之極！并不知系何人打來的，幸未打着，卻又打在旁人座上，這座上便是賈蘭、賈菌。

這賈菌又系榮府近派元孫，先寫一寧派，又寫一榮派，互相錯綜得妙。其母亦少寡獨守，這賈菌與賈蘭最好，所以二人一同坐。誰知賈菌年紀雖小，志氣最大，極是個不怕人、愛淘氣的。要知沒志氣小兒，必不會淘氣。他在座上，冷眼看見金榮的朋友暗助金榮，飛硯來打茗烟，偏沒打着，反落在他座上，正打在面前，將個硯水壺打了個粉碎，濺了一書墨水。這等忙，有此閑處用筆。賈菌如何依得，便罵：『好囚攮的們，這不都動了手了麼！』靖眉：聲口如聞。◎好聽煞！罵着，也便抓起磚硯來要飛。先瓦硯，次磚硯，轉換得妙極。賈蘭是個省事的，忙按住硯，極口的勸道：『好兄弟，不與咱們相幹。』是賈蘭口氣。賈茵如何忍得住，他見按住硯；他便兩手抱起書匣子來，照這邊掄了來。先飛後掄，用字得神，好看之極！終是身小力薄，卻掄到半道，至寶玉、秦鐘案上，就落了下來。衹聽得『豁啷』一聲響，砸〔九〕在桌上，書本、紙片、筆、墨等物撒了一桌，又把寶玉的一碗茶也砸〔十〕得碗碎茶流。好看之極！不打着别個，偏打着二人，亦想不到文章也。此書此等筆法，與後文踢着襲人，誤打平兒，是一樣章法。賈茵便跳出來，要揪打那一個飛硯的。金榮此時隨手抓了一根毛竹大板在手，地窄人多，那裏經得舞動長板？茗烟早吃一下，亂嚷道：『你們還不來動手！』寶玉還有三個小廝：一名鋤藥，一名掃紅，一名墨雨。這三個豈有不淘氣的，一齊都嚷道：『小婦養的！動了兵器了！』好聽之極！好看之極！墨雨遂掇起一根門閂，掃紅、鋤藥手中都是馬鞭子，蜂擁而上。賈瑞急的那裏〔十一〕攔一回，這裏勸一回，誰聽他的話，肆行大亂。衆頑童也有趁勢幫着打太平拳的，也有膽小藏過一邊的，也有直立在桌上拍着手兒亂笑，喝着聲兒叫打的。登時鼎沸起來。蒙側：燕青打擂臺，也不過如此。

外邊李貴等幾個大僕人，聽見裏邊作反起來，忙都進來，一齊喝住。問是何故，衆口不一，這個如此說，那個如彼說。妙！如聞其聲。李貴且喝罵了茗烟等四人一頓，處治的好。攆了出去。秦鐘的頭早撞在金榮的板子上，打去一層油皮，寶玉正拿褂襟子給他揉，見喝住了衆人，便命：『李貴，收書！拉馬來，我去回太爺去！我們被人欺負了，不敢說別的，按禮來告訴瑞大爺，大爺反派我們的不是，聽着人家罵我們，還調唆他打我們。茗烟見人欺負我，他豈有不為我的？他們反打伙兒打了茗烟。連秦鐘的頭也打破了。還在這裏念什麼書！』李貴勸道：『哥兒不要性急。太爺既有事回家去了，這會子為這點子事去聒噪他老人家，倒顯的咱們沒理似的。依我的主意，那裏的事情那裏了結，何必驚動老人家？這都是瑞大爺的不是，太爺不在這裏，你老人家就是學裏的頭腦了，衆人看你行事。（蒙側：勸的心思，有個太爺得知，未必然之。故巧爲展轉，以結其局，而不失其體。）衆人有了不是，該打的打，該罰的罰，如何等鬧到這步田地還不管？』賈瑞道：『我吆喝着都不聽。』（如聞。）李貴笑道：『不怕你老人家惱我，素知你老人家到底有些不正，所以這些兄弟才不聽。就鬧到太爺跟前去，連你老人家也脫不過的。還不快些作個主意撕羅開了罷。』寶玉道：『撕羅什麼？我必要回去的！』秦鐘哭道：『有金榮，我是不在這裏念書的了。』寶玉道：『這是為什麼？難道有人家來的，咱們倒來不得？我必回明白了衆人，攆了金榮去。』又問李貴：『金榮是那一房的親戚？』李貴想一想道：『也不用問了。若說起那一房的親戚來，更傷了弟兄們的和氣。』

茗烟在窗外道：『他是東胡同的璜大奶奶的侄兒。那是什麼硬正仗腰子，也唬我們來了。璜大奶奶是他姑娘。你那姑媽祇會打旋磨兒，給我們璉二奶奶跪着借當頭。蒙側：可憐，開口告人，終身是玷。我看不起他那樣的主子奶奶！』李貴忙亂喝不止，說道：『偏這小狗肏的知道，有這些蛆嚼！』寶玉冷笑道：『我祇道是誰的親戚，原來是璜嫂子的侄兒。我就去問問他去！』說着便要走。叫茗烟進來包書。茗烟進來包書，又得意道：『爺也不用自去，等我去他家，就說老太太有話問他呢，雇上一輛車拉進去，當着老太太問他，豈不省事。』又以賈母欺壓，更妙！李貴忙喝道：『你要死！仔細回去我好不好先捶了你，然後回老爺、太太，就說寶玉全是你調唆的。我好容易哄的好了一半，你又來生個新法子。你鬧了學堂，不說變法兒壓息了才是，反要邁火炕！』茗烟方不敢作聲兒。

此時賈瑞也恐怕鬧大了，自己不幹淨，祇得委屈着來央告秦鐘，又央告寶玉。先是他二人不肯。後來寶玉說：『不回去也罷了，祇叫金榮賠不是便罷。』金榮先是不肯，後來禁不起賈瑞也來逼他去賠不是，李貴等祇得好勸金榮說：『原是你起的端，你不這樣，怎得了局？』金榮強不過，祇得與秦鐘作了一個揖。寶玉還不依，偏定要磕頭。賈瑞祇要暫息此事，又悄悄的勸金榮說：『俗語說的好：「殺人不過頭點地。」你既惹出事來，少不得下點氣兒，磕個頭，就完事了。』金榮無奈，衹得進前來，與秦鐘磕頭。且聽下回分解。

總評

此篇寫賈氏學中，非親即族，且學乃大衆之規範，人倫之根本，首先悖亂，以至于此極，其賈家之氣數，即此可知。挾用襲人之風流，群小之惡逆，一揚一抑，作者自必有所取。

校記

〔一〕此處的『輩』字，原文爲『背』，據庚辰本改。

〔二〕此處的『體諒』二字，原文爲『體量』，校者改；後面亦照此改，不再注。

〔三〕此處的『常』字，原文爲『長』，校者改。

〔四〕此處的『撑』字，原文爲『掌』，校者改。

〔五〕原文無『秦鐘』二字，按庚辰本補。

〔六〕此句庚辰本爲：『……在後院子裏親嘴摸屁股，兩個商議定了，一對一肏，撅草根兒抽長短，誰長誰先幹。』

〔七〕原文無『親』字，按庚辰本補。

〔八〕此句庚辰本爲：『……我們肏屁股不肏屁股，管你毴毴相幹，横竪没肏你爹去就罷了！』

〔九〕〔十〕此處的『砸』字，原文爲『軋』，據庚辰本改。

〔十一〕此處的『那裏』二字，校者根據文意補。

第十回 金寡婦貪利權受辱 張太醫論病細窮源

【回前】新樣幻情欲收拾，可卿從此世無緣。和肝益氣渾閑事，誰識今朝尋病源？

話說金榮因人多勢衆〔一〕，又兼賈瑞勒令，賠了不是，給秦鐘磕了頭，寶玉方才不吵鬧了。大家散了學，金榮回到家中，越想越氣，說：『秦鐘這奴才，是賈蓉的小舅子，又不是賈家的子孫，附學讀書，也不過和我一樣。他因仗着寶玉和他好，他就目中無人。他既是這樣，就該行些正經事，人也沒的說。他素日又和寶玉鬼鬼祟祟的，祇當人都是瞎子，看不見。今日他又勾搭人，偏偏的撞在我眼睛裏。蒙側：偏是鬼鬼祟祟者，多以爲人不見其行，不知其心。就是鬧出事來，我還怕什麼不成？』

他母親胡氏，聽見他咕咕嘟嘟的說，因問道：『你又要爭什麼閑氣？好容易蒙側：好容易三字，寫盡天下迎逢要便宜苦惱。我望你姑媽說了，你姑媽又千方百計的向他們西府裏的璉二奶奶跟前說了，你才得了這個念書的地方。若不是仗着人家，咱們家裏還有力量請的起先生？況且人家學裏，茶飯也是現成的。你這二年在那裏念書，家裏也省好大的嚼用呢。省出來的，你又愛穿件鮮明衣服。再者，不是因你在那裏念書，你就認得什麼薛大爺了？那薛大爺一年不給不給，這二年也幫了咱們也有七八十兩銀子。己側：因何無故給（原作結）許多銀子？金母亦當思之。◎蒙側：可憐！婦人愛子，每每如此。自知所得者多，而不知所失者大。可勝嘆者！你如今要鬧出這學房，再要找這麼一個地方，我告訴你說罷，比登天的還難呢！己側：如此弄銀，若有金榮在，亦可得。你給我老老實實的玩一會子，睡你的覺去，好多着呢！』于是金榮忍氣吞聲，不多一時，他自己去睡了。次日，仍舊上學去了。不在話下。

且說他姑娘，原聘給的是賈家玉字輩的嫡派，名喚賈璜。但其族人那裏皆能像寧、榮二府的富勢，原不用細說。這賈璜夫妻守着些小小的產業，又時常到寧、榮二府裏去請請安，又會奉承鳳姐兒并尤氏，所以鳳姐兒、尤氏也時常資助資助他，蒙側：原來根由如此，大與秦鐘不同。方能如此度日。卻說這日賈璜之妻金氏，因天氣晴明，家中又無事，遂帶了一個婆子，坐上車，家裏走走，瞧瞧寡嫂侄兒。

閑話之間，金榮的母親偏提起昨日賈家學裏那事，從頭至尾，一五一十都向他小姑子說了。這璜大奶奶不聽則已，聽了，一時怒從心上起，說道：『這秦鐘小崽子是賈門親戚，難道榮兒不是賈門的親戚？己側：這賈門的親戚比那賈門的親戚。人都別忒勢利了，況且都作的是什麼有臉的好事！就是寶玉，也不犯着向他到這個田地。等我去到東府，瞧瞧我們珍大奶奶，再向秦鐘他姐姐說說，叫他評評這個理。』己側：未必能如此說。◎蒙側：狗仗（原作伏）人勢者，開（原作問）口便有多少必勝之談。事要三思，免（原作勉）勞後悔。◎靖側：這個理怕不能評。這金榮母親聽了這話，急的了不得，忙說道：『這都是我的嘴快，告訴了姑奶奶，求姑奶奶快別去說去，別管他們誰是誰非。己側：不論『誰是誰非』，有錢就可矣。◎蒙側：胡氏可謂善哉。倘或鬧起來，怎麼在那裏站得住？若是站不住〔二〕，家裏不但不能請先生，反倒在他身上添出許多嚼用來呢。』璜大奶奶聽了，說道：『那裏管得許多，你等我去說了，看是怎麼樣！』也不容他嫂子勸，一面叫老婆子瞧了車，就坐上往寧府裏來。蒙側：何等氣派！何等聲勢！真有射石飲羽之力，動天摇地，如項羽喑咤。

到了寧府，進了車門，到了東邊小角門前下了車，進來見了賈珍的妻尤氏。也未敢氣高，殷殷勤勤敘過寒溫，說了些閑話，方問道：蒙側：何故興致（原作性自）索然？『今日怎麼不見蓉大奶奶？』己側：何不叫秦鐘的姐姐？尤氏說：『他這些日子，不知道他怎着，經期有兩個多月沒來。叫大夫瞧了，又說并不是喜。那兩日，到了下半天就懶怠動，話也懶怠說，眼神也發眩〔三〕。我說他：「你且不必拘禮，早晚不用照例上來，你竟好生養養罷。就是有親戚一家兒來，有我呢。就有長輩們怪你，等我替你告訴。」連蓉哥我都囑咐了，我說：「你不許累掯他，不許招他生氣，叫他靜靜的養養就好了。蒙側：祇一絲不露。他要想什麼吃，祇管到我這裏取來。倘或我這裏無有，祇管往璉二嬸子那裏要去。倘或他有了好歹，再要這麼一個媳婦，這麼的模樣兒，這麼一個情性的人兒，打着燈籠也沒地方找去。」己側：還有這麼個好小舅子。他這為人行事，那個親戚，那個一家的長輩不歡喜他？所以我這兩日好不心煩，焦的我了不得。偏偏今兒早晨他兄弟來瞧他，誰知那小孩子家，不知好歹，看見姐姐身上不大爽快，就有事也不當告訴他，別說是這麼點子小事，就是你受了一萬分的委屈，也不該向他說才是。誰知他們昨兒學裏打架，不知那裏附學來的一個人，欺負他了。己側：眼前竟像不知者。◎蒙側：文筆之妙，妙至于此。本是璜大奶奶不忿來告，又偏從尤氏口中先出，却是秦鐘之語，且是情理必然，形勢逼近。孫悟空七十二變，未有如此靈巧活跳。裏頭有些不幹不淨的話，都告訴了他姐姐。嬸子，你是知道那媳婦的：雖則見了人有說有笑，會行事兒，他可心細，心又重，不拘聽見了什麼話兒，都要度量個三日五夜才罷。這病就是打〔四〕這個秉性上頭思慮出來的。今聽見了有人欺負了他〔五〕兄弟，又是惱，又是氣。惱的是那群混帳、狐朋狗友的扯是搬非、調三惑四的那些人〔六〕；氣的是他兄弟不學好，不上心讀書，以致如此學裏吵鬧。他聽了這事，今日索性連早飯也不吃。我聽見了，我方才到他那邊安慰了他一會子，又勸解了他兄弟一會子。我叫他兄弟到那邊府裏找寶玉去了，我才瞧着他吃了半盞燕窩湯，我才過來了。嬸子，你說我心焦不心焦？蒙側：這會子金氏聽了這話，心裏當如何料理？實在令人悔殺從前高興。天下事不得不預爲三思，先爲防漸。況且如今又沒有好大夫，我為他這病上，我心裏倒像針扎的。你們知道有什麼好大夫沒有？』蒙側：作無意相問（原作間）語，是逼近一分。非有此一句，則金氏猶（原作尤）不免當爲分訴。一逼之下，實無可贅之詞（原作間）。

金氏聽了這半日話，把方才在嫂子家裏那一團要向秦氏論理的盛氣，早嚇的丟在爪窪國去了。己側：又何必用金母着急？◎靖眉：吾爲趨炎附勢，仰人鼻息者一嘆。聽見尤氏問他有知道的好大夫的話，連忙答道：『我們這麼聽着，實在也沒見人說有個好大夫。如今聽見大奶奶這個不來，定不得還是喜呢！嫂子倒別叫人混治。倘或認錯了，這可是了不得的。』尤氏道：『可不是呢。』正說話之間，賈珍從外進來，見了金氏，便向尤氏問道：『這不是璜大奶奶麼？』金氏向前給賈珍請了安。賈珍向這尤氏說道：『讓這妹子吃飯去！』賈珍說着話，就過那屋裏去了。靖眉：不知心中作何想？金氏此來，原要向秦氏說說秦鐘欺負了他侄兒的事，聽見秦氏有病，不但不能說，亦且不敢提了。況且賈珍、尤氏待的也很好，反轉怒為喜的，又說了一會子話兒，方回家去了。

金氏去後，賈珍方過來坐下，問尤氏道：『今日他來，有什麼說的事情麼？』蒙側：金氏何面目再見江東父老？然而如金氏者，世不乏其人。尤氏答道：『倒沒說什麼。一進來的時候，臉上倒像有些着惱的氣色似的，及至說了半天話，又提起媳婦這病，他倒漸漸的氣色平靜了。又叫讓他吃飯，他見媳婦這麼病，也不好意思衹管坐着，又說了幾句兒就去了，倒沒有求什麼事。如今且說媳婦這病，你到那裏尋個好大夫來，給他瞧瞧要緊，可別耽誤了。現今咱們家走的這群大夫，那裏要得？（蒙側：醫毒。非止近世，從古有之。）一個個〔七〕都是聽着人的〔八〕口氣兒，人怎麼說，他也添幾句文話兒說一遍〔九〕。可倒殷勤的很，三四人一日輪流倒四五遍來看脈。他們大家商量着立個方子，吃了也不見效，倒弄得一日換四五遍的衣裳，坐起來見大夫，其實于病人無益。』賈珍說道：『可是。這孩子也糊塗，何必脫脫換換的，倘或又着了涼，更添一層病。那換了的衣裳任憑是什麼好的，可又值什麼呢，孩子的身子要緊，就是一天穿一套新的，不值什麼。我正進來要告訴你：方才馮紫英來看我，他見我有些抑鬱之色，問我是怎麼了。我才告訴他說，媳婦忽然身子有好大不爽快，因為不得好太醫，斷不透是喜是病，又不知有妨無妨，所以我這兩日心裏着實急。馮紫英因說起他有一個幼時從學的先生，姓張名友士，學問最淵博，更兼醫理精明，且能斷人的生死。（己側：未（原作爲）必能如此。◎蒙側：舉薦人的通套，多是如此說。）今年是上京給他兒子捐官，在他家住着呢。這麼看來，竟合該媳婦的病，在他手裏除災，亦未可知。我即刻差人拿我的名帖請去了。（蒙側：父母之心，昊天罔極。）今日倘或天晚了不能來，想來明日一定來。況且馮紫英又即刻回家親自去求他，務必叫他來瞧瞧。等這個張先生來瞧了再說罷。』

尤氏聽了，心中甚喜，因說道：『後日是太爺壽日，到底怎麼辦？』賈珍說道：『我方才到了太爺那裏去請安，兼請太爺來家，受一受一家子的禮。太爺因說道：「我是清淨慣了的，我不願意往你們那是非場中鬧去。你們必定說是我的生日，要我去受衆人的禮，莫若你把我從前注的《陰騭文》你給我叫人好好的寫出來刻去，這我比受衆人的頭強百倍呢！倘或後日這兩家的要來，你就在家裏，好好的款待他們就是了。也不必給我送什麼東西來，連你後日也不必來。你若心裏不安，你今日就給我磕了頭去。蒙側：將寫可卿之好事多慮。至于天生之文中，轉出好清靜之一番議論，清新醒目，立見不凡。倘或後日你來，又跟隨多少人來鬧我，我必和你不依。」如此說了又說，後日我是不敢去的。且叫來升來，吩咐他預備兩日筵席。要豐豐富富的。你再親自到西府裏去請老太太、大太太、二太太和你璉二嬸子來逛逛。』正說着，賈蓉上來請安，尤氏便把上項的話一一交代了，并說：『你父親今日又聽見一個好大夫，業已打發人去請了，想明日必來。你可將他這些日子的病癥，細細告訴他。』

賈蓉一一的答應着出去了。正遇着方才去馮紫英家請那張先生的小子回來了，因回道：『奴才方才到了馮大爺家，拿了老爺的名帖請那張先生去。那張先生說道：「方才這裏大爺也向我說了。但是今日拜了一天的客，才回到家，此時精神實在不能支持，就是去到府上，也不能看脈。」他說等待調息一夜，明日務必到府。蒙側：醫生多是拿三阻四，拿腔作調。他又說：「醫學淺薄，本不敢當此重薦，因我們馮大爺和〔十〕府上太爺既已如此說了，又不得不去，你先代我回明了太爺就是了。太爺的名帖實不敢當。」叫奴才拿回來了。哥兒替奴才回一聲兒罷。』賈蓉復轉身進去，回了賈珍、尤氏的話，方出來叫了來升，吩咐他預備兩日的筵席的話。來升聽畢，自去照例料理，不在話下。

且說次日午時間，人回道：『請的那張先生來了。』賈珍遂延入大廳坐下。茶畢，方開言道：『昨承馮大爺示知老先生人品學問，又兼深通醫學，小弟不勝欽仰之至。』張先生道：『晚生粗鄙下士，本來見識淺陋，昨因馮大爺示知，大人家謙恭下士，又承呼喚，敢不奉命？但毫無實學，倍增顏汗。』賈珍道：『先生何必過謙。就請先生進去，看看兒婦，仰仗高明，以釋下懷。』

于是賈蓉同了進去。到了賈蓉居室，見了秦氏，向賈蓉說道：『這就是尊夫人了？』賈蓉道：『正是。請先生坐下，讓把賤内的病源說一說，再看脈，如何？』那先生道：『依小弟的意思，先看過脈，再說的為是。我是初造尊府的，也不曉得什麼。但我們馮大爺務必叫小弟過來看看，小弟所以不得不來。如今看了脈息，看小弟說的是不是，再將這些日子的病勢講一講，大家斟酌一個好方兒，可用不可用，那時大爺再定奪。』賈蓉道：『先生實在高明，如今恨相見之晚。就請先生看一看脈息，可治不可治，以便使家父放心。』于是家下媳婦們捧過大寧枕來，一面給秦氏拉着袖口，露出脈來。先生方伸手按在右手脈上，調息了次數，寧神診了有半刻的工夫，方換過左手，亦復如此。診畢脈，說道：『我們外邊坐罷。』

賈蓉于是同先生到外邊房裏炕上坐下，一個婆子端了茶來。賈蓉道：『先生請茶。』于是陪先生吃茶，遂問道：『先生看這脈息，還治得治不得？』先生道：『看得尊夫人這脈息：左寸沉數，左關沉伏；右寸細而無力，右關虛而無神。其左寸沉數者，乃心氣虛而生火；左關沉伏者，乃肝家氣滯血虧。右寸細而無力者，乃肺經氣分太虛；右關虛而無神者，乃脾土被肝木克制。心氣虛而生火，應現經期不調，夜間不寢。肝家血虧氣滯者，必然肋下疼脹，月信過期，心中發熱。肺經氣分太虛者，頭目不時眩〔十二〕暈，寅卯間必自汗，如坐舟中。脾土被肝木克制者，必然不思飯食，精神倦怠，四肢酸軟。據我看這脈息，應當有這癥候才對。或以這個脈為喜脈，則小弟不敢從其教也。』旁邊一個貼身伏侍的婆子道：『何嘗不是這樣呢。真正先生說的如神，倒不要我們告訴了。如今我們家裏現有好幾位太醫老爺瞧着呢，都不能說這麼真切。有一位說是喜，有一位說是病，這位說不相幹，那位說怕冬至，總沒有個真實話兒。求老爺明白指示指示。』

那先生笑說道：『大奶奶這個癥候，可是那衆位耽擱了。蒙側：說是了，不覺笑，描出神情跳躍，如見其人。要在初次行〔十二〕經的日期，就用藥治起來，不但斷無今日之患，而且此時已全愈了。如今既是把病耽誤到這個地位，也是應有此災。實在依我看來，這病尚有三分治得。吃了我的藥看，若是夜間睡的着，那時又添了二分拿手了。據我看着脈息：大奶奶是個心性高強聰明不過的人；聰明忒過，則不如意事常有；不如意事常有，則思慮太過。此病是憂慮傷脾，肝木忒旺，經水所以不能按時而至。大奶奶從前的行經的日子，問一問，斷不是常縮，必是常長日子的。蒙側：恐不合其方，又加一番議論，一爲合方藥，一爲夭亡癥，無一字一句不前後照應者。是不是？』這婆子答道：『可不是，從前沒有縮過，或是長兩日三日，以至十日都長過。』先生聽了道：『妙啊！這就是病源了。從前若能以養心調經之藥服之，何至于此。這如今顯出一個水虧木旺的虛癥候來，待用藥再看。』于是寫了方子，遞與賈蓉，上寫的是：

益氣養榮和肝湯

人參二錢　白術二錢土炒　雲苓三錢　熟地四錢

歸身二錢酒炒　白芍二錢炒　川芎一錢五分　黃芪三錢

香附米二錢制　醋柴胡八分　懷山藥二錢炒　真阿膠二錢蛤粉炒

延胡索一錢五分酒炒　炙甘草八分　引用建蓮子七粒去心　紅棗二枚

賈蓉看了，說：『高明的很！還要請教先生，這病與性命終究有妨無妨？』先生笑道：『大爺是〔十三〕最高明的人。人病到這個地位，非一朝一夕的癥候，吃了這藥，也要看醫緣。小弟看來，今年一冬是不相幹。總是過了春分，就可望全愈了。』賈蓉也是一個聰明人，也不往下細問了。

于是賈蓉送了先生去了，方將這藥方子并脈案都給賈珍看了，說的話也都回了賈珍并尤氏。于是尤氏向賈珍說道：『從來大夫，不像他說的這麼痛快，想必用藥也不錯。』賈珍說道：『人家原不是混飯吃，久慣行醫的人。因為馮紫英我們相好，他好容易求來了。既有這個人，媳婦的病或者就能好。他那方子上有人參，就用前日買的那一斤好的罷。』賈蓉聽畢話，方出來叫人打藥去，煎給秦氏吃。不知秦氏服了此藥病勢如何？且聽下回分解。

總評

欲速可卿之死，故先有惡奴之凶頑，而後及以秦鐘來告，層層克入，點露其用心過當，種種文章逼之。雖貧女得居富室，諸凡遂心，終有不能不夭亡之道。我不知作者于着筆時，何等妙心綉口，能道此無礙法語，令人不禁眼花繚亂。

校記

〔一〕此處的『人多勢衆』四字，原文爲『人多勢重』，據庚辰本改。

〔二〕原文無『若是站不住』幾字，據庚辰本補。

〔三〕此處的『眩』字，原文寫作『眩』。

〔四〕此處的『打』字，原文爲『把』，據蒙府本改。

〔五〕原文無『他』字，據庚辰本補。

〔六〕此處『調三惑四的那些人』數字，原文爲『調三惑四的是那些人』數字，按庚辰本删去『是』字。

〔七〕此處的『一個個』三字，原文爲『一個』，校者據詞義補第二個『個』字。

〔八〕原文無『的』字，據庚辰本補。

〔九〕此處的『遍』字，原文爲『篇』，據庚辰本改。

〔十〕此處的『和』字，原文爲『合』，據庚辰本改。
〔十一〕此處的『眩』字，原文寫作『眩』。
〔十二〕原文無『行』字，據蒙府本補。
〔十三〕原文無『是』字，據庚辰本補。

第十一回

慶壽辰寧府排家宴　見熙鳳賈瑞起淫心

【回前】幻景無端換境生，玉樓春暖述乖情。鬧中尋静渾閑事，運得靈機屬鳳卿。

話説是日賈敬的壽辰，賈珍先將上等可吃的東西、稀奇些的果品，裝了六大捧盒；叫〔一〕賈蓉帶領家下人等，與賈敬送去，向賈蓉説道：『你留神，看太爺喜歡不喜歡，你就行了禮來。你説：「我父親遵太爺的話不敢來，在家裏率領合家都朝上行了禮了。」』賈蓉聽罷，率領家人去了。這裏漸漸就有人來了。先是賈璉、賈薔到來，先看了各處的座位，并問：『有什麼玩意兒没有？』家人答道：『我們爺原算計請太爺今日來家，所以并不敢預備玩意兒。前日聽見太爺又不來了，現叫奴才們找了一班小戲兒，并一檔子打十番的，都在園子裏戲臺上預備着呢。』

次後又有邢夫人、王夫人〔二〕、鳳姐兒、寶玉都來了，賈珍并尤氏接了進去。尤氏的母親已先在這裏呢。大家見過了，彼此讓了坐。賈珍、尤氏二人親自遞了茶，因笑說道：『老太太原是老祖宗，我父親又是侄兒，這樣日子，原不敢請他老人家；但是這個時候，天氣正涼爽，滿園的菊花又盛開，請老祖宗過來散散悶，看着衆兒女熱鬧熱鬧，是這個意思。誰知老祖宗又不肯賞臉。』鳳姐未等王夫人開口，先說道：『老太太昨日原要來着呢，因為晚上忽看見寶兄弟他們吃桃兒，老人家又嘴饞，吃了有大半個，五更天明時候就一連起來了兩次，蒙側：此一問一答，即景生情，請教是真是（原無）假？非身經其事者，想不到，寫不出。今日早晨略覺身子倦些。因叫我回大爺，今日斷不能來了，說有好吃的要幾樣，還要很爛的。』蒙側：是。賈珍聽了笑道：『我說老祖宗是愛熱鬧，今日不來，必定有個原故，若是這麼着，就是了。』

王夫人道：『前日聽見你大妹妹說，蓉兒媳婦身上有些不大好，到底是怎麼樣？』尤氏道：『他這個病的也奇。上月中秋還跟着老太太、太太玩了半夜，回家來好好的。到了二十後，一日比一日覺懶，也懶怠(三)吃東西，這將近有半個多月了。經期又有兩個月沒來。』邢夫人接着說道：『別是喜罷？』蒙側：此書總是一幅（原作副）『雲龍圖』。

正談着，外頭人回道：『大老爺、二老爺并一家的爺們都來了，在廳上呢。』賈珍連忙出去了。這裏尤氏方說道：『從前大夫也有說是喜的。昨日馮紫英薦了他從過學的一個先生，醫道很好，瞧了說不是喜，竟是很大的一個癥候。昨日開了方子，吃了一劑藥，今日頭眩（四）的略好些，別的仍不見怎麽樣大見效。』鳳姐兒道：『我說他不是十分支持不住，今日這樣的日子，他再也不肯不扎掙着上來。』尤氏道：『你是初三日在這裏見他的，還強扎掙了半天，也是因你們娘兒兩個好的上頭，他才戀戀不捨得去。』鳳姐兒聽了，眼圈兒紅了半日，半天方說道：『真是「天有不測的風雲，人有旦夕的禍福」。蒙側：揣摩得極平常言語，來寫無涯之幻景幻情，反作了悟之意，且又轉至別處，真是月下梨花，幾不能辨（原作變）。這個年紀，倘或就因這個病上怎麽樣了，人還活着有甚趣兒？』蒙側：大英雄多在此等處悟得，每能超凡入聖。

正說話間，賈蓉進來，給邢夫人、王夫人、鳳姐兒前都請了安，方回尤氏道：『方才我去給太爺送吃食去，并回說我父親在家中伺候老爺們，款待一家子，遵太爺的話，并不敢來。太爺聽了甚喜歡，說：「這個才是。」叫告訴父親、母親，好生伺候太爺、太太們；叫我們好生伺候叔叔、嬸子并哥哥們。還說那《陰騭文》，叫急急的刻了出來，印一萬張散人（五）。我將此語都回了我父親了。我如今得快出去打發太爺們并爺們吃飯去呢。』鳳姐兒說：『蓉哥兒，你且站住！你媳婦的病，到底是怎麽着？』賈蓉皺皺眉，說道：『不好麽！嬸子回來，瞧瞧去，就知道了。』蒙側：伏綫自然。于是賈蓉出去了。

這裏尤氏向邢夫人、王夫人道：『太太們在這裏吃飯阿，還是在園子裏吃去好？小戲兒預備在園子裏呢。』王夫人向邢夫人道：『我們索性吃了飯再過去罷，也省好些事。』邢夫人道：『很好。』于是尤氏就吩咐媳婦婆子們：『快送飯來！』門外一齊答應了一聲，都各人端各人的去了。不多一時，擺上了飯。尤氏讓邢夫人、王夫人并他母親都上坐了，他與鳳姐兒、寶玉側坐了。邢夫人、王夫人道：『我們來，原為給大老爺拜壽，這不竟是我們來過生日麼？』鳳姐兒說道：『大老爺原是好養靜的，已經修煉的成了，也算得是神仙了。太太們這麼一說，這就叫作「心到神知」了。』蒙側：此等趣語也不肯無着落。一句話，說得滿屋裏的人都笑起來了。

于是，尤氏的母親并邢夫人、王夫人、鳳姐兒都吃畢飯，漱了口，淨了手；才說要往園子裏去，賈蓉進來向尤氏說道：『老爺們并衆叔叔、哥哥、兄弟們都吃了飯了。大老爺說家裏有事，二老爺是不愛聽戲、又怕人鬧的慌，都才去了。別的一家子的爺們，都被璉二叔并薔兄弟都讓過去聽戲去了。方才南安郡王、東平郡王、西寧郡王、北靜郡王四家王爺，并鎮國公牛府等六家，忠(六)靖侯史府等八家，都着人持了名帖送壽禮來，都回了我父親，先收在帳房裏面，禮單都上了檔子了。老爺的領謝的名帖都交給各來人了，各來人也都照舊例賞了，衆人都讓吃了飯才去了。母親該請二位太太、老娘、嬸子都過園子裏坐着罷。』蒙側：人送壽禮，是爲園子；回去的人（原作人去的）去了，在的人（原作在），是爲可以過園子裏坐；園子裏坐，可以轉入正文中之幻情；幻情裏有乖情，而乖情初寫，偏不乖。真是慧心神手！尤氏道：『也是才吃完了飯，就要過去了。』

鳳姐兒說：『我回太太，我先瞧瞧蓉哥兒媳婦，我再過來。』王夫人道：『很是。我們都要去瞧瞧他，倒怕嫌鬧的慌，（蒙側：爲下文留地步。）說我們問他好罷。』尤氏道：『好妹妹，媳婦聽你的話，你去開導開導他，我也放心。你就快些來園子裏來。』寶玉也要跟了鳳姐兒去瞧秦氏去，王夫人道：『你看看就過去罷，那是侄兒媳婦。』于是尤氏請了邢夫人、王夫人并他母親都過會芳園去了。

鳳姐兒、寶玉方和賈蓉到秦氏這邊來了。進了房門，悄悄的走到裏間房門口。秦氏見了，就要站起來，鳳姐兒說：『快別起來，看起猛了頭暈。』（蒙側：知心每每如此。）于是鳳姐兒就緊走了兩步，拉住秦氏的手，說道：『我的奶奶！怎麽幾日不見，就瘦的這麽着了！』于是就坐在秦氏坐的褥子上。寶玉也問了好，坐在對面椅子上。賈蓉叫：『快倒茶來，嬸子和二叔在上房還未喝茶呢。』

秦氏拉着鳳姐兒的手，強笑道：『這都是我沒福。這樣人家，公公婆婆當自己女孩兒似的待。（蒙側：正寫幻情，偏作錐心刺骨語。呼渡河者三，是一意。）嬸娘的侄兒雖說年輕，卻彼此相敬，從來沒有紅過臉兒。就是一家子的長輩之中，除了嬸子倒不用說了，別人也從沒不疼我的，也無不和我好的。這如今得了這個病，把我要強的心，一分也沒了。公婆跟前未得孝順一天；就是嬸娘這樣疼我，我就有十分孝順的心，如今也不能夠了。我自想着，未必熬的過年去呢。』

寶玉正眼〔七〕瞅着那《海棠春睡圖》，并那秦太虛寫的『嫩寒鎖夢因春冷，芳氣襲〔八〕人是酒香』的對聯，不覺想起在這裏睡晌覺，夢到『太虛幻境』的事來。正自出神，聽了秦氏說了這些話，如萬箭攢心，那眼泪不知不覺就流下來了。鳳姐兒雖心中十分難過，但祇怕病人見了衆人這個樣子反添心酸，倒不是來開導勸解的意思了。見寶玉這個樣子，因說道：『寶兄弟，你忒婆婆媽媽的了。他病人不過是這麼說，那裏就到得這田地了？況且能多大年紀的人，略病一病兒，就這麼想、那麼想的〔九〕，這不是自己倒給自己添病麼？』賈蓉道：『他這病也不用別的，祇是吃得些飯食，就不怕了。』（蒙側：各人是各人伎倆，一絲不亂，一毫不遺。）鳳姐兒道：『寶兄弟，太太叫你快過去呢。你別在這裏祇管這麼着，倒招的媳婦也心裏不好。太太那裏又惦〔十〕着你。』因向賈蓉說道：『你先同你寶叔過去罷，（蒙側：爲本。）我略坐一坐兒。』賈蓉聽說，即同寶玉過會芳園來了。

這裏鳳姐兒又勸了秦氏一番，又低低說了許多衷腸話兒。尤氏打發人請了兩三遍，鳳姐兒才望秦氏說道：『你好生〔十一〕養着罷，我再來看你。合該你這病要好，所以前日就有人薦了個好大夫來，再也是不怕的了。』秦氏笑道：『任憑是神仙，也能治得病，治不得命。嬸子，你道我這病，不過是挨日子。』鳳姐兒說道：『你祇管這麼想，病那裏能好呢？總要想開了才是。况且聽得大夫說，若是不治，怕的是春天不好。如今才九月半，還有四五個月的工夫，什麼病治不好呢？咱們若是不能吃人參的人家，這也難說了；你公公婆婆聽見治得好你，別說一日二錢人參，就是二斤也能夠吃得起。好生養着罷，我過園子裏去了。』秦氏又道：『嬸子，恕我不能跟過去了。閑了的時候，還求嬸子常過來瞧瞧我，咱們娘兒們坐坐，多說遭話兒。』鳳姐兒聽了，不覺又眼圈兒一紅，遂說道：『我得了閑兒，必常來看你。』

于是鳳姐兒帶領跟來的婆子、丫頭并寧府的媳婦、婆子們，從裏頭繞進園子的便門來。蒙側：偏不獨行，用此等反克文字。但見：

黄花滿地，绿柳横坡。小橋通若耶之溪，曲徑接天臺之路。蒙側：點明題目。石中清流激湍，籬落飄香；樹頭紅葉翩翻，疏林如畫。西風乍緊，初罷鶯啼；暖日當暄，又添蛩語。遥望東南，建幾處依山之榭；縱觀西北，結數間臨水之軒。笙簧盈耳，別有幽情；羅綺穿林，倍添韵致。

鳳姐兒正看園中景致，一步步行來贊賞。猛然從假山石後走過一個人來，向前對鳳姐兒說道：『請嫂子安。』

鳳姐兒猛然見了，將身往後一退，說道：『這是瑞大爺不是？』賈瑞說道：『嫂子連我也不認得了？不是我是誰！』鳳姐兒說道：『不是不認得，猛然一見，不想是大爺到這裏來。』賈瑞道：『也是合該與嫂子有緣。我方才偷出了席，在這個清淨地方散一散，不想就遇見嫂子也從這裏來。蒙側：『作者何等心思，能在此等事想到如此出言。漸入之妙，無過于此。』這不是有緣麼？』蒙側：重點『有緣』二字，方是筆力。一面說，一面拿眼睛不住覷着鳳姐兒。

鳳姐兒是個聰明人，見他這個光景，如何不猜透八九分呢？因向賈瑞假意含笑道：『怨不得你哥哥常提起，說你很好（十二）。今日見了，聽你這幾句話兒，就知道你是個聰明和氣的人了。這會子我要到太太那裏去，不得和你說話兒，等閑了，咱們再說話兒罷。』賈瑞道：『我要到嫂子家裏請安，又恐怕嫂子年輕、不見人。』鳳姐兒假意含笑道：『一家骨肉，說什麼年輕不年輕的話。』賈瑞聽了這話，再不想到今日得這個奇遇，那神情光景益發不堪難看了。鳳姐兒說道：『你快去入席去罷，看他們拿住，罰你酒！』賈瑞聽了，身上已木了半邊，慢慢一面走（十三）着，一面回過頭來看。鳳姐兒故意的把腳步放遲了些，見他去遠了，心裏暗忖道：『這才是「知人知面不知心」呢，那裏有這樣禽獸樣的人呢！蒙側：大英雄氣概。作者以此命鳳，其有爲耶？他如果如此，幾時叫他死在我手裏，他才知道我的手段！』

于是鳳姐兒方移步前來，將轉一重山坡，見兩三個婆子慌慌張張的走來，見了鳳姐兒，笑說道：『我們奶奶見二奶奶衹是不來，急的了不得，叫奴才們又來請奶奶來了。』蒙側：別者必將遇賈瑞的事（原無）聲張一番，以表清節。此文偏若無事，一則可以見熙鳳非凡，一則可以見熙鳳包含廣大。鳳姐兒說道：『你們奶奶就是這樣急腳鬼似的。』于是鳳姐兒慢慢的走着，問：『戲唱了有幾出了？』那婆子回道：『有八九出了。』說話之間，已到了天香樓的後門，見寶玉和一群丫頭子們那裏玩呢。鳳姐兒說道：『寶兄弟，別忒淘氣了。』蒙側：照應前文。一個丫頭說道：『太太們都在樓上坐着呢，請奶奶就從這邊上去罷！』

鳳姐兒聽了，款步提衣上了樓來，見尤氏已在樓梯口等着呢。尤氏便笑道：『你娘兒兩個忒好了，見了面，總捨不得來了。你明日搬來和他住着罷。你坐下，我先敬你一鐘。』于是鳳姐兒在邢、王二夫人前告了坐，尤氏的母親前周旋了一遍，仍同尤氏坐一桌上，吃酒聽戲。尤氏叫拿戲單來，讓鳳姐兒點戲。鳳姐兒說道：『太太們在這裏，我如何敢點？』邢夫人、王夫人說道：『親家太太都點了好幾出了，你點兩出好的我們聽。』鳳姐兒立起身來，答應了一聲，方接過了戲單，從頭一看，點了一出《還魂》，一出《彈詞》，遞過戲單去說：『現在唱《雙官誥》，蒙側：點下文。唱完了，再唱這兩出，也就是時候了。』王夫人道：『可不是呢，也該趁早叫你哥哥、嫂子歇歇，他們又心裏不靜。』尤氏說：『太太們又不常過來，娘兒們多坐會子去，才有趣兒。天還早着呢。』鳳姐兒立起身來望樓下一看，說：『爺們都往那裏去了？』旁邊一個婆子道：『爺們才到凝曦軒，帶了打十番的人吃酒去了。』鳳姐兒說道：『在這裏不便宜，背地裏又不知幹什麼〔十四〕去了！』蒙側：偏是愛吃酸醋。尤氏笑道：『那都像你這正經人呢！』

于是說說笑笑，點的戲都唱完了，方才撤下酒席，擺〔十五〕上飯來。吃畢，大家才出園子來，到上房坐下，吃了茶，方才叫預備車，向尤氏的母親告了辭。尤氏率同衆姬妾、家人、婆子、媳婦們方送出來，賈珍率領衆子侄都在車旁邊侍立等候着呢。見邢、王二夫人，說道：『二位嬸嬸明日還過來逛逛？』王夫人道：『罷了，我們今日整坐了一日，也乏了，明日歇歇罷。』于是上車去了。賈瑞猶不時拿眼覷着鳳姐兒。蒙側：無有不足不盡處。賈珍等進去後，李貴才拉〔十六〕過馬來，寶玉騎上，隨了王夫人去了。這裏賈珍同一家子的兄弟、子侄吃過晚飯，方大家散了。

次日，仍是衆族人等鬧了一日，不必細說。此後鳳姐兒不時親自來看秦氏。秦氏有幾日好些，幾日仍是那樣。賈珍、尤氏、賈蓉好不心焦。蒙側：陪襯補足。

且說賈瑞到榮府來了幾次，偏都遇着鳳姐往寧府那邊去了。這年正是十一月三十日冬至，到交節的那幾日，賈母、王夫人、鳳姐兒日日差人去看秦氏，回來的人都說：『這幾日也未見添病，也不見甚好。』王夫人向賈母說：『這個癥候，遇着這樣大節不添病，就有好大的指望了〔十七〕。』賈母說：『可是呢，好個孩子，要是有些原故，可不叫人疼死！』說着，一陣心酸，叫鳳姐兒說道：『你們娘兒兩個也好了一場，明日大初一，過了明日，你後日再去看看他去。你細細的瞧瞧他那光景，倘或好些兒，你回來告訴我，我也喜歡喜歡。素日愛吃的，也常叫人作些，給他送過去。』鳳姐一一答應了。

到了初二日，吃了早飯，來到寧府。看見秦氏的光景，雖未甚添病，但是那臉上身上的肉，全瘦幹了。于是和秦氏坐了半日，說了些閑話兒，又將這病無妨的話開導了一番。秦氏說道：『好不好，春天就知道了。如今現過冬至，又無怎樣，或者好，也未可知。嬸子回老太太、太太放心罷。蒙側：文字一變，人于將死時也應有一變。昨日老太太賞的那棗泥餡的山藥糕，我倒吃了兩塊，倒像克化的動似的。』鳳姐兒說道：『明日再給你送過來。我到你婆婆那裏瞧瞧，就要趕着回去，回老〔十八〕太太的話去。』秦氏道：『嬸子替我請老太太、太太的安罷。』

鳳姐答應着就出來了，到了尤氏上房坐下，尤氏道：『你冷眼瞧媳婦是怎麼樣？』鳳姐兒低了半日頭，說道：『這實在無法了。你也該將一應的東西，後事用的，也該料理料理，衝他一衝也好。』蒙側：伏下文代辦理喪事。尤氏道：『我也暗暗的叫人預備了。就是那件東西，不得好木頭，暫且慢慢的辦〔十九〕罷。』于是鳳姐兒吃了茶，說了會子話兒，說道：『我要快回去，回老太太話去呢。』尤氏道：『你可緩緩的說，別嚇着老人家。』鳳姐兒道：『我知道。』

于是鳳姐兒就回來了。到了家中，見了賈母，說：『蓉哥兒媳婦請老太太安，給老太太磕頭。他說好些了，求老祖宗放心罷。他再略好些，還要給老祖宗磕頭來呢。』賈母道：『你看他是怎麼樣了？』鳳姐兒說道：『暫且無妨，精神還好呢。』蒙側：『精神還好呢』五字，寫得出神入化。賈母聽了，沉吟了半日，因向鳳姐兒說：『你換換衣服，歇歇去罷！』

鳳姐兒答應着出來，見過了王夫人。到了房中，平兒將烘的家常的衣服給鳳姐兒換了。鳳姐兒方坐下，問道：『家裏沒有什麼事？』平兒方端了茶來，遞了過去，說：『沒有什麼事。就是那三百兩銀子的利銀，旺兒媳婦送進來，我收了。蒙側：陪。再，瑞大爺使人來〔二十〕打聽蒙側：正。奶奶在家無有，蒙側：沒他。他要來〔二一〕請安說話。』鳳姐兒聽了，『哼』了一聲，道：『這畜生合該求死，看他來怎麼樣！』平兒因問道：

『這瑞大爺因為什麼祇管來？』鳳姐兒遂將九月裏在寧府園子裏遇見他的光景，他把話都告訴平兒。平兒說道：『癩蛤〔三〕蟆想天鵝肉吃，沒人倫的混帳東西，起這個念頭，叫他不得〔四〕好死！』鳳姐兒道：『等他來了，我自有道理。』不知賈瑞來時，作何光景，且聽下回分解。

總評

將可卿之病將死，作幻情一劫；又將賈瑞之遇唐突，作幻情一變。下回同歸幻境，真風馬牛不相及之談。同範并趨，毫無滯礙，靈活之至，飄飄欲仙。默思作者其人之心，其人之形，其人之神，其人之文，必宋玉、子建一般心性，一流人物。

校記

〔一〕此處的『叫』字，原文爲『有』，據蒙府本改。
〔二〕原文無『王夫人』三字，據蒙府本補。
〔三〕此處的『懶怠』二字，庚辰本爲『懶待』。後文亦有寫作『懶待』的，均按『懶怠』統一。
〔四〕此處的『眩』字，原文寫作『昡』。

〔五〕原文無『人』字，據庚辰本補。
〔六〕此處的『忠靖侯』，原文爲『中靖侯』，據本書第十三回改。
〔七〕此處的『眼』字，原文爲『然』，據庚辰本改。
〔八〕此處的『襲』字，原文爲『籠』，校者改。
〔九〕此處的『就這麼想，那麼想的』句，原文爲『就這們想，那們想的』，據蒙府本改。
〔十〕此處的『惦』字，原文爲『墊』，據庚辰本改。
〔十一〕原文無『生』字，據蒙府本補。
〔十二〕此處的『很好』二字，原文爲『狠好』，校者改。後文均按『很好』統一。
〔十三〕此處的『走』字，原文爲『步』，據庚辰本改。
〔十四〕此處的『什麼』二字，原文爲『什嗎』，據庚辰本改。
〔十五〕原文無『擺』字，據庚辰本補。
〔十六〕此處的『拉』字，原文爲『拿』，校者改。
〔十七〕原文無『向賈母說：「這個癥候，遇着這樣大節不添病，就有好大的指望了」』一句，據庚辰本補。
〔十八〕原文無『老』字，據蒙府本補。
〔十九〕原文無『辦』字，據庚辰本補。

〔二十〕原文無『來』字，據庚辰本補。

〔二一〕原文無『來』字，據蒙府本補。

〔二二〕此處的『蛤』字，原文爲『蝦』，據庚辰本改。

〔二三〕原文無『得』字，據蒙府本補。

第十二回 王熙鳳毒設相思局 賈天祥正照風月鑒

【回前】反正從來總一心，鏡光至意兩相尋。有朝敲破蒙頭甕，綠水青山任好春。

話說鳳姐正與平兒說話，衹見有人回說：『瑞大爺來了。』鳳姐急命：『快請進來！』（庚側：立意追命。）賈瑞見往裏讓，心中喜出望外，急忙進來，見了鳳姐，滿面賠笑，（庚側：如蛇。）連連問好。鳳姐也假意殷勤，讓茶讓坐。

賈瑞見鳳姐如此打扮，亦發酥倒，因餳了眼問道：『二哥哥怎麼還不回來？』鳳姐道：『不知什麼原故。』賈瑞笑道：『別是在路上有人絆住了腳，（蒙側：旁敲遠引。）不得來？』鳳姐道：『未可知。男人家，見一個，愛一個，也是有的。』（蒙側：這是鈎。）賈瑞笑道：（如聞其聲。）『嫂子這話說錯了，我就不這樣。』（漸漸入港。）鳳姐笑道：『像你這樣的人，能有幾個呢，十個裏也挑不出一個來。』（庚眉：勿作正面看爲幸。□□畸笏。◎蒙側：游魚雖有入釜之志，無鈎不能上岸；一上鈎來，欲去亦不可得。◎）（靖眉：千萬勿作正面看爲幸。□□畸笏老人。）賈瑞聽了，喜的抓耳撓腮，又道：『嫂子，天天也悶的很？』鳳姐道：『正是呢，衹盼個人來說話，解解悶兒。』賈瑞笑道：『我倒天天閑着，天天過來，替嫂子解解閑悶，可好不好？』鳳姐笑道：『你哄我呢，那裏肯往我這裏來。』賈瑞道：『我在嫂子跟前，若有一點謊話，天打雷劈！祇因素日聞得人說，嫂子是個利害人，在你前一點錯不得，所以唬住了。我如今見嫂子，最是有說有笑，極疼人的，（奇，妙！）我怎麼不來？——死了我也願意！』（庚側：這倒不假。）鳳姐笑道：『果然你是明白人，比賈蓉兩個強遠了。我看他那樣清秀，祇當他們心裏明白，誰知竟是兩個胡塗蟲，（庚側：反文着眼。）一點不知人事。』

賈瑞聽了這話，越發撞在心坎上，由不得又往前湊了一湊，（蒙側：寫呆痴性活現。）覷着眼，看鳳姐帶着荷包，然後又問戴着什麼戒指。鳳姐悄悄道：『放尊重着，別叫丫頭們看見笑話。』賈瑞如聽綸音佛語一般，忙往後退。鳳姐笑道：『你該去了。』（叫去，正是叫來也。）賈瑞道：『我再坐一坐兒。——好狠心的嫂子！』鳳姐又悄悄的道：『大天白日，人來人往，你就在這裏也不方便。你且去着，晚上起了更你來，悄悄的在西邊穿堂兒等我。』

庚眉：先寫穿堂，祇知房舍之大，豈料有許多用處。

◎蒙側：凡人在平静時，物來言至，無不照見。若迷于一事一物，雖風雷交作，有所不聞。即『穿堂兒等』之一語，府第非比凡常，關閉（原作殷）門户，必要查看，且更夫僕（原作樸）婦，勢必往來，豈容人藏過于其間？祇因色迷，聞聲連諾，不能有回思之暇，信可悲夫！

賈瑞聽了，如得珍寶，忙問道：『你別哄我。但祇那裏人過的多，怎麼好躲的？』鳳姐道：『你祇放心。我把上夜的小廝們都放了假，兩邊門一關，再沒別人了。』賈瑞聽了，喜之不盡〔一〕，忙忙的告辭而去，心内以為得手。庚側：未必。

盼到晚上，果然黑地裏摸入榮府，趁掩門時，鑽入穿堂。果見漆黑無一人，往賈母那邊去的門户已鎖，倒衹有向東的門未關。賈瑞側耳聽着，半日不見人來，忽聽『咯噔』一聲，東邊的門也都關了。庚側：平平略施小計。賈瑞急的也不敢作聲，衹得悄悄出來，將門撼了撼，關的鐵桶一般。此時要求出去，亦不能夠，蒙側：此大抵（原作底）是鳳姐調遣。不先為點明者，可以少許多事故，又可以藏拙。南北皆是大房牆，要跳又無攀援。這屋内又是過門風，空落落；現是臘月天氣，夜又長，朔風凜凜，侵肌裂骨，一夜幾乎不曾凍死。庚側：可為偷情一戒。◎蒙側：教導之法，慈悲之心盡矣。無奈迷徑不悟何！好容易盼到早晨，衹見一個老婆子先將東門開了，去叫西門。賈瑞瞅他〔二〕背着臉，一溜烟抱着肩竟跑了。幸而天色尚早，人都未起，從後門一徑跑回家去。

原來賈瑞父母早亡，衹有他祖父代儒教養。那代儒素日教訓最嚴，庚眉：教訓最嚴，奈其心何！一嘆。不許賈瑞多走一步，生怕他在外吃酒賭錢，有誤學業。今忽見他一夜不歸，衹料定他在外非飲即賭，嫖娼宿妓，庚側：展轉靈活，一人不放，一筆不肖。那裏想到這段公案，庚側：世人萬萬想不到，況老學究乎！因此氣了一夜。賈瑞也捻着一把汗，少不得回來撒謊，衹說：『往舅舅家去了，天黑了，留我住了一夜。』代儒道：『自來出門，非稟我不敢擅出，如何昨日私自去了？據此亦該打，况且撒謊。』庚眉：處處點父母痴心，子孫不肖。此書系自愧而成。因此發狠，到底打了三四十板，還不許吃飯，令他跪在院内讀文章，蒙側：教令何嘗不好，孽（原作業）種故此不同。定要補出十天的功課來方罷。賈瑞直凍了一夜，今又遭了苦打，且餓着肚子，跪在風地裏讀文章，其苦萬狀。禍福無門，惟人自召。

此時賈瑞前心猶未改，庚側：四字是尋死之根。◎庚眉：『苦海無邊，回頭是岸。』若個能回頭也？嘆嘆！□□壬午春，畸笏。再想不到是鳳姐捉弄他。過後兩日空閑，仍來找尋鳳姐。鳳姐故意抱怨他失信，賈瑞就發誓。鳳姐因見他自投羅網，庚側：可謂因人而使。少不得再尋别計，令他知過改過。庚側：四字是作者明阿鳳身份，勿得輕輕看過。又約他道：『今日晚上，你别在那裏了。你在我這房後小過道子裏那間空屋裏等我，可别冒撞了。』伏的妙！賈瑞道：『果真？』鳳姐道：『誰可哄你？你不信，就别來。』庚側：緊一句。◎蒙側：大士心腸。賈瑞道：『來，來！死也要來！』不差。鳳姐道：『這會子你先去罷。』賈瑞料定晚間必妥，庚側：未必。此時先去了。鳳姐在這裏便點兵派將，庚側：四字用得新，必有新文字好看。◎蒙側：剩文最妙。設下圈套。

那賈瑞祇盼不到晚上，偏生家裏親戚又來了，專能忙中寫閑，狡猾之極！直等〔三〕吃了晚飯才去，那天已有掌燈時分。又等他祖父安歇了，方才進榮府，直往那夾道中屋子裏來等着，熱鍋上螞蟻一般，蒙側：有心人記着，其實苦惱。祇是幹轉。左等不見人影，右等不見聲響，心下自思道：『别是又不來了，又凍我一夜不成？』蒙側：似醒非醒語。正自〔四〕

胡猜，祇見黑魆魆的來了一個人，（庚側：真到了。）賈瑞便意定是鳳姐，不管皂白，餓虎一般，等那人剛至門前，便如貓捕鼠的一般，抱住叫道：『親嫂子，等死我了！』說着，抱到屋裏炕上，就親嘴，扯褲子，滿口裏『親娘』『親爹』的亂叫起來。（蒙側：醜態可笑。）那人祇不作聲。（庚側：好極！）賈瑞扯了自己褲子，硬梆梆就將頂入。忽見燈光一閃，（庚側：將到矣。）祇見賈薔舉着捻子照道：『誰在屋裏？』祇見炕上那人笑道：『瑞大叔要肏我呢。』賈瑞一見，卻是賈蓉，（奇絕！）直臊的無地可入，（庚側：亦未必真。）不知要怎麼樣才好，回身就要跑，被賈薔一把揪住道：『別走！如今璉二嬸嬸告到太太跟前，（庚側：好題目。）說你無故調戲他。（庚眉：調戲還『有故』？一笑。）他暫用了個脫身計，哄你在這邊等着。太太氣死過去，（庚側：好大題目。）因此叫我來拿你。剛才你又認作他，沒的說，跟我去見太太！』

賈瑞聽了，魂不附體，祇說：『好侄兒，祇說沒有見我。明日我重重謝你。』賈薔道：『你謝我，放你不值什麼，祇不知你謝我多少？況且口說無憑，寫一文契來。』賈瑞道：『這如何落紙？』（庚側：也知寫不得。一嘆。）賈薔道：『這也不妨，寫一個賭錢輸了外人帳目，借頭家銀若幹兩。』賈瑞道：『這也容易。祇是此時無紙筆。』賈薔道：『這也容易。』說畢，翻身出來，紙筆現成，（庚側：二字妙！）拿來命賈瑞寫。他兩個作好作歹，祇寫了五十兩，然後畫了押，賈薔收起來，然後撕擄賈蓉。（蒙側：可憐至此！好事者當自度。）賈蓉先咬定牙不依，祇說：『明日〔五〕告訴族中人，評評理。』賈瑞急的至于叩頭。賈薔作好作歹的，（蒙側：此是加一倍〔原作〕法。）〔原作陪〕也寫了一張五十兩欠契才罷。賈薔又道：『如今要放你，我就擔着不是。（又生波瀾。）老太太那邊的門早已關了，老爺正在廳上看南京的東西，那一條路定難過去，如今祇好走後門。若這一條路，倘或遇見了人，連我也完了。等我先去哨探了，再來領你。這屋裏你還藏不得，少刻就來堆東西。等我尋個地方。』說畢，拉着賈瑞〔六〕，（庚側：未必細。）仍熄了燈，出至院外，摸着大臺階底下，說道：『這窩兒裏好，你祇蹲着，別哼一聲，等我們來再動。』（庚側：未必如此收場。）說畢，二人去了。賈瑞此時身不由己，祇得蹲在那裏。心下正盤算，祇聽頭頂上一聲響，『嘩拉拉』一淨桶尿糞從上面直潑下來，可巧澆了他一頭一身。賈瑞撐不住，『哎喲』一聲，忙又掩住口，（更奇。）不敢聲張，滿頭滿臉渾身皆是尿屎，冰冷打顫。（庚側：余〔原作全〕料必有新奇，解〔原作〕《石頭記》筆力。◎庚眉：瑞奴實當如是報之。◎靖眉：此一節可入《西廂記》〔原作內記〕內〔原無〕，十大快批評中。□□畸。）恨文字收場，方是《石頭記》筆力。（蒙側：這也未必不是預爲埋伏者。總是慈悲設教，遇難教者，不得不現三頭六臂，并吃人心、喝人血之象，以警戒之耳。）祇見賈薔跑來叫：『快走，快走！』賈瑞如得了命，三腳兩步從後門跑到家裏，天已三更，祇得叫門。開門人見他這般景況，問是怎的。少不得撒謊，說：『黑了，失了腳，掉在毛廁裏。』一面到了自己房中更衣洗濯，心下方想是鳳姐玩他，因此發了一回恨；再想那鳳姐的模樣兒，（庚側：欲根未斷。）又恨不得一時摟在懷內，一夜竟不曾合眼。

自此滿心想鳳姐，庚側：此刻還不回頭，真自尋死路矣！◎蒙側：孫行者非有緊箍兒，雖老君之爐，五（原作太）行之山，何嘗（原作河常）屈其一二？祇不敢往榮府去了。賈蓉兩個常常來索銀子，他又怕祖父知道，正是相思尚且難禁，更又添了債務；日間功課又緊，他二十來歲人，尚未娶過親，邇來想着鳳姐，未免有那『指頭兒告了消乏』等事；更兼兩回凍惱奔波，寫得歷歷病源，如何不死呢？因此，三五下裏夾攻，庚側：所謂步步緊。不覺就得了一病：心內發膨脹，口中無滋味，腳下如棉，眼中似漆，黑夜作燒，白晝常倦，下溺連精，嗽痰帶血。諸如此癥，不上一年，都添全了。庚側：簡捷之至！于是不能支持，一頭睡〔七〕倒，合上眼還祇夢魂顛倒，滿口胡說亂話，驚怖异常。百般請醫療治，諸如肉桂、附子、鱉甲、麥冬、玉竹等藥，吃了有幾十斤下去，也不見個動靜。說得有趣。

倏忽又臘盡春回，這病更又沉重。代儒也着了忙，各處請醫療治，皆不見效。因後來吃『獨參湯』，代儒如何有這力量，祇得往榮府來尋。王夫人命鳳姐秤二兩給他，王夫人之心慈若是。鳳姐回說：『前兒新近都替老太太配了藥；那整的，太太又說留着送楊提督的太太配藥，偏生昨兒我已送了去了。』王夫人道：『就是咱們這邊沒了，你打發個人往你婆婆那邊問問，或是你珍大哥哥那府裏再尋些來，湊着給人家。吃好了，救人一命，也是你的好處。』夾寫王夫人。鳳姐聽了，也不遣人去尋，祇得將些渣末泡須湊了幾錢，命人送去，祇說：蒙側：『祇說』。

『太太送來的，再也沒了。』然後回王夫人，衹說：『都尋了來，共湊了有二兩送〔八〕去。』然便有二兩獨參湯，賈瑞固亦不好，但鳳姐之毒何如是耶？終是瑞之自失。

那賈瑞此時要命心勝，無藥不吃，衹是白花錢，不見效。忽然這日有個跛足道人自甄士隱隨君一去，别來無恙否？來化齋，口稱『專治冤孽之癥』。賈瑞偏在内就聽見了，直着聲叫喊，如聞其聲，吾不忍聽了。說：『快請那位菩薩來救我〔九〕！』一面叫，一面在枕上叩首。如見其形，吾不忍看了。衆人衹得帶了那道士進來。賈瑞一把拉住，連叫『菩薩救我！』人之將死，其言也哀。那道士嘆道：『你這病非藥可醫。我有個寶貝與你，你天天看時，此命可保矣。』說畢，從褡褳中妙極！此褡褳猶是士隱所搶背者乎？取出一面鏡子來凡看書，從此細心體貼，方許你看，否則此書哭矣。——兩面皆可照人，此書表裏皆有喻也。鏡把上面鏨着『風月寶鑒』四字明點。——遞與賈瑞道：『這物出自太虛玄〔十〕境空靈殿上，警幻仙子所制，庚眉：與《紅樓夢》呼應。◎言此書原系空虛幻設。專治邪思妄動之癥，逼真！有濟世保生之功。逼真！所以帶他到世上，單與那些聰明俊杰、風雅王孫等照看。所謂無能紈袴是也。千萬不可照正面，庚側：誰人識得此句！◎觀者記之，不要看這書正面，方是會看。衹照他的背面，記之！要緊，要緊！三日後我來收取，管叫你好了。』說畢，揚長〔十一〕而去，衆人苦留不住。

賈瑞收了鏡子，想道：『這道士倒有意思，我何不照一照試試。』想畢，拿起『風月鑒』來，向反面一照，一個骷髏立在鏡內（十二），所謂『須知青冢骷髏骨，就是紅樓掩面人』是也。作者好苦心思！唬得賈瑞連忙掩了，罵：『道士混帳。如何嚇我！我倒再照照正面是什麼。』想着，又將正面一照，祇見鳳姐站在裏面，招手叫他。庚側：可怕是『招手』二字。◎奇絶！賈瑞心中一喜，蕩悠悠的覺得進了鏡子，寫得奇峭，真好筆墨！與鳳姐雲雨一番，鳳姐仍送出來。到了床上，『哎喲』一聲，一睜眼，鏡子從裏調過來，仍是反面立着一個骷髏。賈瑞自覺汗津津的，底下已遺了一灘精。蒙側：此一句力如龍象，意謂正面你方才已自領略了，你也當思想反面才是。心中到底不足，又翻過正面來，祇見鳳姐還招手叫他，他又進去。如此三四次，到了這次，剛要出鏡子來，祇見兩個人走來，拿鐵鎖把他套住，拉了就走。真醉生夢死也。賈瑞道：『讓我拿了鏡子再走。』蒙側：這是作書者之立意。要寫情種，故于此試一深寫之。在賈瑞則是『求仁而得仁（原作人）』，未嘗不含笑九泉，雖死亦不解脱者。悲夫！◎可憐！大衆齊來看此！祇說這句，再不能說話了。

旁邊伏侍賈瑞的衆人，祇見他先還拿着鏡子照，落下來，仍睜開眼拾在手內，末後鏡子落下來，便不動了。衆人上來看看，已沒了氣，身子底下，冰涼漬濕一大灘精，這才忙着穿衣抬床。代儒夫婦哭的死去活來，大罵道士：『是何妖鏡！此書不免腐儒一謗。若不早毀此物，凡野史俱可毀，獨此書不可毀。遺害于世不小。』腐儒。遂命拿（十三）火來燒，祇聽鏡內哭道：『誰叫你們瞧正面了！你們自己以假為真，何苦來燒我？』觀者記之！正哭着，祇見那跛足道人從外跑來，喊道：『誰毀「風月鑒」？吾來救也！』説着，直入中堂，搶入手內，飄然去了。

當下，代儒料理喪事，各處去報喪。三日起經，七日發引，寄靈于鐵檻寺，所謂『鐵門限』是也。先安一開路之人，以備秦氏仙柩有方也。日後帶回原籍。當下賈家衆人齊來吊問，榮國府賈赦贈銀二十兩，賈政亦是二十兩，寧國府賈珍亦有二十兩，別者族中貧富不一，或三兩或五兩，不可勝數外，另有各同窗家分資，也湊了二三十兩。代儒家道雖然淡薄，倒也豐豐富富完了此事。

◎辰：所謂『鐵門限』也，爲秦氏停柩作引子。

誰知這年冬底，林如海的書信寄來，卻為身染重疾，寫書特來接林黛玉回去。蒙側：須要林黛玉長住，偏要暫離。賈母聽了，未免又加憂悶，衹得忙忙的打點黛玉起身。寶玉大不自在，爭奈父女之情，也不好攔勸。于是賈母定要賈璉送他去，仍叫帶回來。一應土儀盤纏，不消煩說，自然妥帖。作速擇了日期，賈璉與林黛玉辭別了衆人，帶了僕從，登舟往揚州去了。要知端的，且聽下回分解。

總評

儒家正心，道者煉心，釋輩戒心。可見此心無有不到，無不能入者，獨畏其入于邪而不反，故用心煉戒以縛之。請看賈瑞一起念，及至于死，專誠不二，雖經兩次警教，毫無反悔，可謂痴子，可謂愚情。相乃可思，不能相而獨欲思，豈逃傾頹？作者以此作一新樣情種，以助解者生笑，以爲痴者設一棒喝耳。

庚：此回忽遣黛玉去者，正爲下回可兒之文也。若不遣去，祇寫可兒、阿鳳等人，却置黛玉于榮府，成何文哉？故必遣去，方好放筆寫秦，方不脱發。況黛玉乃書中正人，秦爲陪客，豈因陪而失正耶？後大觀園方是寶玉、寶釵、黛玉等正緊文字，前皆系陪襯之文也。

校記

〔一〕此處的『不盡』二字，原文爲『不禁』，據庚辰本改。

〔二〕此處的『他』字，原文爲『的』，校者改。

〔三〕原文無『等』字，據蒙府本補。

〔四〕此處的『正自』二字，原文爲『正是』，據庚辰本改。

〔五〕原文無『日』字，據蒙府本補。

〔六〕原文無『拉着賈瑞』四字，據庚辰本補。
〔七〕此處的『睡』字，原文爲『失』，據列藏本改。
〔八〕原文無『送』字，據庚辰本補。
〔九〕原文無『我』字，據蒙府本補。
〔十〕此處的『玄』字，原文寫作『玄』，少一筆。
〔十一〕此處的『揚長』二字，原文爲『佯常』，校者改。
〔十二〕原文無『……一照，一個骷髏立在鏡内』半句，據蒙府本補。
〔十三〕原文無『拿』字，據蒙府本補。

第十三回

秦可卿死封龍禁尉　王熙鳳協理寧國府

【回前】生死窮通何處真？英明難遏是精神。微密久藏偏自露，幻中夢裏語驚人。

庚：此回可卿夢阿鳳，蓋作者大有深意存焉，可惜生不逢時，奈何，奈何！然必寫出自可卿之意也，則又有他意寓焉。

榮、寧世家未有不尊家訓者。雖賈珍尚（原作當）奢，豈明逆父哉？故寫敬老不管，然後恣（原作姿）意，方見筆筆周到。（按：此庚辰本回前二批，原在第十一回前加頁上，現參考甲戌本及靖藏本回前批移此。）

詩雲：

一步行來錯，回頭已百年。
古今『風月鑒』，多少泣黃泉！

甲：賈珍尚奢，豈有不請父命之理？因敬老修煉（原無）要緊，不問家事，故得恣（原作姿）意放爲。不雲州名（原缺），妙（原缺）！若明指一州名，似落《西游》之套（原缺）。故曰『至中』之（原缺）地，不待言可知，是光天化日仁風德雨之下（原缺）矣。不雲國名，更妙！可知是堯街、舜巷、衣冠禮（原缺）義之鄉也。

今秦可卿托夢阿鳳，作者大有深意存焉，協（原缺）理寧府亦□□□□□□□□鳳□□□□□□□□□在封龍禁尉寫，乃褒中之貶（原缺），隱（原缺）去『天香樓』一節，是不忍下筆也。

靖：此回可卿夢阿鳳，作者大有深意，惜已爲末世。奈何，奈何！賈珍雖奢淫，豈能逆父哉？特因敬老不管，然後恣意，足爲世實誡。

『秦可卿淫喪天香樓』，作者用史筆也。老朽因有魂托鳳姐賈家後事二件，豈是安富尊榮坐享人能想得到者？其事雖未漏，其言其意，令人悲切感服，姑赦之，因命芹溪删去『遺簪』『更衣』諸文，是以此回衹十頁，删去天香樓一節，少去四五頁也。

一步行來錯，回頭已百年，請觀『風月鑒』，多少泣黃泉。

話說鳳姐兒自賈璉送黛玉往揚州去後，心中實在無趣，每到晚間，不過和平兒說笑一回，就胡亂睡了。『胡亂』二字奇！這日夜間，正和平兒燈下擁爐倦繡，早命濃薰繡被。二人睡下，屈指算行程該到何處，所謂『計程今日到梁州』是也。不知不覺已交三鼓。平兒已睡熟了。鳳姐方覺星眼微朦，恍惚祇見秦氏從外走來，含笑說道：『嬸嬸好睡啊！我今日回去，你也不送我一程。因娘兒們素日相好，我不得不走過來別你一別。還有一件心願未了，非告訴嬸嬸，別人未必中用。』一語貶盡賈家一族空頂冠束帶者。

鳳姐聽了，恍惚問〔二〕道：『有何心願？你祇管托我就是了。』秦氏道：『嬸嬸，你是個脂粉隊裏的英雄，庚側：稱得起。連那些束帶頂冠的男子也不能過你，你如何連兩句俗語也不曉得？常言「月滿則虧，水滿則溢」；又道是「登高必跌重」。如今我們家赫赫揚揚，已將百載，一日倘或樂極悲生，庚眉：『倘或』二字，酷肖婦女口氣。若應了那句「樹倒猢猻散」的俗語，庚眉：『樹倒猢猻散』之語，余猶在耳，屈指卅五年矣。哀哉，傷哉！寧不痛殺！◎甲眉：『樹倒猢猻散』之語，余猶在耳，屈指卅五年矣。傷哉，寧不慟煞！豈不虛稱了一世的詩書舊族了！』鳳姐聽了此話，心胸大快，十分敬畏，忙問道：『這話慮的極是，但有何法可以永保無虞？』庚側：非阿鳳不明，蓋古今名利場中患失之同意也。秦氏冷笑道：『嬸嬸好痴也！否極泰來，榮辱自古周而復始，豈人力可能常保的？但如今能于榮時籌畫下將來衰時的世業，亦可以常保永全了。即如今日諸事都妥，祇有兩件未妥，若把此事如此一行，則後日可保永全了。』

鳳姐便問何事，秦氏道：『目今祖塋雖四時祭祀，祇是無一定錢糧；第二，家塾雖立，無一定的供給。依我想來，如今盛時固不缺祭祀供給，但將來敗落之時，此二項有何出處？莫若依我定見。趁今日富貴，將祖塋附近多置田莊、房舍、地畝，以備祭祀供給之費，皆出自此處。將家塾亦設于此。和同族中長幼，大家定了則例，日後按房掌管這一年的地畝、錢糧、祭祀、供給之事。如此周流，又無爭競，亦沒有典賣諸弊。便是有了罪，凡物可入官，這祭祀產業連官也不入的。便敗落下來，子孫回家讀書務農，也有個退步，祭祀又可永久。若目今以為〔二〕榮華不絕，不思後日，終非長策。眼見不日又有一件非常喜事，真是烈火烹油、鮮花着錦之盛。要知道，也不過是瞬息的繁華，一時的歡樂，萬不可忘了那「盛筵必散」的俗語。

幻情文字中，忽入此等警句，提醒多少熱心人。

蒙側：『瞬息繁華，一時歡樂』二語，可供天下有志事業功名者，同來一哭。但天生人非無所爲。遇機會，成事業，留名于後世者，亦必有奇傳奇遇，方能成不世之功。此亦皆蒼天暗中扶助，雖有波瀾，而無甚害，反覺其錚錚有聲。其不成也，亦由天命。其奸人傾險之計，亦非天命不能行。其繁華歡樂，亦自天命。人于其間，知天命而存好生之心，盡己力以周旋其間，不計其功之成與否，所謂心安而理盡，又何患乎？一時瞬息，隨緣遇緣，嗚（原作烏）乎不可！

此時若不早為後慮，臨期祇恐後悔無益了。』庚眉：語語見道，字字傷心。讀此一段，幾不知此身爲何物矣！□□松齋。鳳姐忙問：『有何喜事？』

秦氏道：『天機不可泄漏。伏的妙！祇是我與嬸嬸好了一場，臨別贈你兩句話，須要記着——』，因念道：

三春去後諸芳盡，各自須尋各自門。庚側：此句令批書人哭死！◎庚眉：不必看完，見此二句，即欲墮淚。□□梅溪。

鳳姐還欲問時，祇聽二門上傳事，雲板連叩四下，將鳳姐驚醒。人回：『東府蓉大奶奶沒了。』鳳姐聞聽，嚇了一身冷汗，出了一回神，祇得忙忙的穿衣，往王夫人處來。

彼時合家皆知，無不納嘆，都有些傷心〔三〕。甲眉：九個字寫盡天香樓事，是不寫之寫。◎靖眉：九個字寫盡天香樓事，是不寫之寫。□□常村。◎可從此批。通回將可卿如何死故隱去，是余大發慈悲也。嘆嘆！□□壬午季春，畸笏叟。那長一輩的想他素日孝順，平一輩的想他素日和睦親密，庚眉：松齋雲：『好筆力。此方是文字佳處。』下一輩的想他素日慈愛，以及家中僕從老小想他素日憐貧恤賤、慈老愛幼庚側：八字乃爲上人之者當銘于五衷。之恩，莫不悲嚎痛哭者。庚側：老健。

閑言少叙，卻說寶玉因近日林黛玉回去，剩得自己孤恓，也不和人玩耍，與鳳姐反對。淡淡寫來，方是二人自幼氣味相投，可知後文皆非突然文字。每到晚間，便索然睡了。如今從夢中聽見秦氏死了，連忙翻身爬起來，祇覺心中似戳了一刀的，不忍『哇』的一聲，直奔出一口血來。甲側：寶玉早已看定，可繼家務事者，可卿也。今聞死了，大失所望，急火攻心，焉得不有此血？爲玉一嘆！襲人等俱慌忙上來摟扶，問是怎麼樣，又要回賈母，來請大夫。寶玉笑道：『不用忙，不相幹，庚側：又淡淡抹去。這是急火攻心，血不歸經。』甲側：如何自己説出來了！説着，便爬起來，要衣服换了，來見賈母，即時要過去。庚眉：如此（原作在）總是淡描輕寫，全無痕迹，方見得有生以來，天分中自然所賦之性如此，非因色所感也。襲人見他如此，心中雖放不下，又不敢攔，衹是由他罷了。賈母見他要去，因説：『才咽了氣的人，那裏不幹淨；二則夜裏風大，等明早再去不遲。』寶玉那裏肯依。賈母命人備車，多派跟隨人役，擁護前來。

一直到了寧國府前，衹見府門洞開，兩邊燈籠，照如白晝，亂哄哄人來人往，裏面哭聲，摇山振岳。寫大族之喪，如此起緒。寶玉下了車，忙忙奔至停靈之室，痛哭一番。然後見過尤氏，誰知尤氏正犯了胃疼舊疾，睡在床上。庚側：緊處愈緊，密處愈密。◎妙！非此，何以出阿鳳！然後又出來見賈珍。彼時賈代儒、代修、庚側：將賈族約略一總，觀者方不惑。賈敕、賈效、賈敦、賈赦、賈政、賈琮、賈㻞、賈璜、賈珩、賈珖、賈琛、賈瓊、賈璘、賈薔、賈菖、賈菱、賈芸、賈芹、賈蓁、賈萍、賈藻、賈蘅、賈芬、賈芳、賈蘭、賈菌、賈芝等庚側：所謂『層（原作曾）巒叠翠之法』也。野史中從無此法。即觀者到此，亦爲寫秦氏未必全到，豈料更又寫一尤氏哉！都來了。賈珍哭的泪人一般，甲側：可笑，如喪考妣。此作者刺心筆也。正和賈代儒等説道：『合家大小，遠近親友，誰不知我這媳婦比兒子還強十倍？如今伸腿去了，可見這長房内絕滅無人了。』説着，又哭起來。衆人忙勸道：『人已辭世，哭也無益，且商議如何料理要緊。』庚側：淡淡一句，勾出賈珍多少文字來。賈珍拍手道：『如何料理？盡我所有罷了！』『盡我所有』，爲媳婦是非禮之談，父母又將何以待之？故前此有惡奴酒後狂言，及今復見此語，含而不露，吾不能爲賈珍隱諱。

正說着，祇見秦業、秦鐘并尤氏的幾個眷屬、伏後文。尤氏姊妹也都來了。賈珍便命賈瓊、賈琛、賈璘、賈薔四個人去陪客，一面吩咐去請欽天監陰陽司，來擇準停靈七七四十九日，三日後開喪送訃聞。這四十九日，單請一百單八衆禪僧，在大廳上拜大悲懺，超度前亡後化諸魂，以免亡者之罪；另設一壇于天香樓上，甲側：删——却是未删之筆。◎靖眉：何必定用『西』字？讀之令人酸鼻（原作筆）！（按：正文『天香樓』，靖藏本爲『西帆樓』。）是九十九位全真道士，打四十九日解冤洗孽醮。然後停靈于會芳園中，靈前另外五十衆高僧、五十衆高道，對壇按七作好事。

那賈敬聞得長孫媳死了，因自為早晚就要飛升，庚側：可笑，可嘆！古今之儒，中途多惑老、佛。王梅隱雲：『若能再加東坡十年壽，亦能跳出這圈子來。』斯言信矣。◎蒙側：『就要飛升』的『要』，用得的當。凡『要』者，則身心急切，急切之者，百事無成。正爲後文作引綫（原作綿）。如何肯又回家染了紅塵，將前功盡弃呢，因此并不在意，祇憑賈珍料理。賈珍見父親不管，亦發恣意奢華。看板時，幾副杉木板皆不中用。可巧薛蟠來吊問，因見賈珍尋好板，便說道：『我們木店裏有一副板，叫做什麼檣木，檣者，舟具也，所謂『人生若泛舟而已』。寧不可嘆！出在潢海鐵網山上，所謂『迷津易墮，塵網難逃』也。作了棺材，萬年不壞。這還是當年先父帶來，原系義忠親王老千歲要的，因他壞了事，蒙側：『壞了事』等字毒極，寫盡勢利場中故套。就不曾拿去。現在還封在店内，也沒有人出價敢買。你若要，就抬來使〔四〕罷。』賈珍聽說，喜之不盡，即命人抬來。大家看時，衹見幫底皆厚八寸，紋若檳榔，味若檀麝，以手扣之，玎璫如金玉。大家都奇异稱贊。賈珍笑問：『價值幾何？』甲側：寫個個皆知，全無安逸之筆，深得《金瓶》壼奥。薛蟠笑道：『拿一千兩銀子來，衹怕也沒處買去。什麽價不價，賞他們幾兩工錢就是了。』庚側：的是阿呆兄口氣。賈珍聽說，忙謝不盡，即命解鋸糊漆。賈政因勸道：『此物恐非常人可享者，庚側：政老有深意存焉。殮〔五〕以上等杉木，也就是了。』夾寫賈政。此時賈珍恨不能代秦氏之死，蒙側：『代秦氏死』等句，總是填實前文。這話如何肯聽。

因忽又聽得秦氏之丫鬟名喚瑞珠者，見秦氏死了，他也觸柱而亡。甲側：補『天香樓』未删之文。◎靖眉：是亦未删之文。此事可罕，合族人也都稱嘆。賈珍遂以孫女之禮殮殯，一并停靈于會芳園中之發仙閣〔六〕。小丫鬟名寶珠者，因見秦氏身無所出，乃甘心願為義女，誓任摔喪駕靈之任。賈珍喜之不盡，即時傳下，從此皆呼寶珠為小姐。那寶珠按未嫁女之喪，在靈前哀哀欲絶。甲側：非恩惠愛人，那能如是。惜哉可卿，惜哉可卿！于是，合族人丁并家下諸人，都〔七〕各遵舊制行事，自然不得紊亂。兩句寫盡大家。◎辰：轉疊法，余前文未及。

賈珍因想着賈蓉不過是個黌門監，庚側：又起波瀾，却不突然。靈幡經榜上寫時不好看，便是執事也不多，因此心下甚不自在。（善起波瀾。）可巧這日正是首七第四日，早有大明宮掌宮〔八〕內相戴權，（妙！『大權』也。）先備了祭禮遣人來，次後坐了大轎，打傘鳴鑼，親來上祭。賈珍忙接着，讓至逗蜂軒（軒名可思。）獻茶。賈珍心中打算，定了主意，因而趁便就說要與賈蓉捐個前程的話。戴權會意，因笑道：『想是為喪禮上風光些。』（甲側：得！內相機括之快如此。）賈珍忙笑道：『老內相所見不差。』戴權道：『事倒湊巧，正有個美缺。如今三百員龍禁尉，短了兩員，昨兒襄陽侯的兄弟老三來求我，現拿了一千五百兩銀子，送到我家裏。你知道，咱們都是老相與，不拘怎麼樣，看着他爺爺的分上，胡亂應了。（忙中寫閑。）還剩了一個缺，誰知永平〔九〕節度使馮胖子來求，要與他孩子捐，我就沒工夫應他。既是咱們的要捐，（奇談！畫盡閹官口吻。）快寫個履歷。』賈珍聽說，忙吩咐：『快命書房裏人恭敬寫了大爺的履歷來。』小廝不敢怠慢，去了一刻，便拿了一張紅紙來與賈珍。賈珍看了，忙送與戴權。戴權看時，上面寫道：

江南江寧府江寧縣監生賈蓉，年二十歲。曾祖，原任京營節度使世襲一等神威將軍賈代化；祖，乙卯科進士賈敬；父，世襲三品爵威烈將軍賈珍。

戴權看了，回手便遞與一個貼身的小廝收了，說道：『回來送與戶部堂官老趙，說我拜上他，起一張五品龍禁尉的票，再給個執照，就把這履歷填上，明兒我來兒銀子送去。』小廝答應了，戴權也就告辭了。賈珍十分款留不住，祇得送出府門。臨上轎，賈珍因問：『銀子還是我到部兌，還是一并送入老相府中？』戴權道：『若到部裏，你又吃虧了。』不如平準一千二百兩銀子，送到我家就完了。』賈珍感謝不盡，祇說：『待服滿後，親帶小犬到府叩謝。』于是作別。

接着，便又聽喝道之聲，原來忠靖侯史鼎的夫人來了。甲側：史小姐湘雲消息也。◎伏史湘雲一筆。那王夫人、邢夫人、鳳姐等剛迎入上房，又見錦鄉侯、川寧侯、壽山伯三家祭禮擺在靈前。少時，三人下轎，賈政等忙接上大廳。如此親朋你來我去，也不能勝數。祇這四十九日，寧國府街上一條白漫漫庚側：就簡去繁。人來人往，是有服親朋并家下人丁之盛。花簇簇官去官來。是來往祭吊之盛。

賈珍命賈蓉次日換了吉服，領憑回來。靈前供用執事等物，俱按五品職例。靈牌上皆寫『天朝誥授賈門秦氏宜人〔十〕之靈位。』會芳園臨街大門洞開，旋在兩邊起了鼓樂廳，兩班青衣按時奏樂，一對對執事擺的刀斬斧齊。更有兩面朱紅銷金大字牌位，豎在門外，上面大書：

防護
內廷紫禁道

御前侍衛龍禁尉

對面高起着宣壇，僧道對壇榜文，榜上大書：

世襲寧國公冢孫婦、防護内廷御前侍衛龍禁尉賈門秦氏宜人之喪。庚眉：賈珍是亂費，可卿却實如此。四大部州至中之地、奉天承運太平之國，庚眉：奇文。若明指一州名，似若《西游》之套，故曰『至中之地』，不待言可知是：光天化日、仁風德雨之下矣。不雲（原作亡）國名，更妙！可知是堯街、舜巷、衣冠禮義之鄉矣。直與第一回呼應相接。總理虛無寂静教門僧録司正堂萬虛、總理元始三一教門道録司正堂葉生等，敬謹修齋，朝天叩佛！

以及『恭請諸伽藍、揭諦、功曹等神，聖恩普錫，神威遠鎮，四十九日消災洗孽平安水陸道場』等語，亦不煩記。

祇是賈珍雖然此時心意滿足，蒙側：可笑。但裏面尤氏又犯了舊疾，不能料理事務，惟恐各誥命來往，虧了禮數，怕人笑話，因此心中不自在。當下正憂慮時，因寶玉在側問道：甲側：余正思，如何高擱起玉兄了？『事事都算妥帖了，大哥哥還愁什麽？』賈珍見問，便將裏面無人的話説了出來。寶玉聽説，笑道：『這有何難？我薦一個人與你，甲側：薦鳳姐須得寶玉，俱『龍華會』上人也。權理這一個月的事，管必妥當。』賈珍忙問：『是誰？』寶玉見座間還有許多親友，不便明言，走至賈珍耳邊說了兩句。賈珍聽了，喜不自禁，連忙起身笑道：『果然妥帖；如今就去。』說着，拉了寶玉，辭了衆人，便往上房裏來。

可巧這日非正經日期，親友來的少，裏面不過幾位近親堂客，邢夫人、王夫人、鳳姐并合族中的內眷陪坐。聞人報：『大爺進來了。』唬的衆婆娘『忽』的一聲，往後藏之不迭，甲側：素日行止可知。作者自是筆筆不空，批者亦字字留神之至矣。獨鳳姐款款站了起來。庚側：又寫鳳姐。賈珍此時也有些病癥在身，二則過于悲痛了，因拄個拐踱了進來，邢夫人等因說道：『你身上不好，又連日事多，該歇歇才是，又進來做什麽？』賈珍一面扶拐，庚側：一絲不亂。◎靖眉：刺心之筆！扎掙着要蹲身跪下請安道乏。邢夫人等忙叫寶玉攙住，命人挪椅子來與他坐。賈珍斷不肯坐，因勉強賠笑道：『侄兒進來有一件事要求二位嬸嬸，并大妹妹。』邢夫人等忙問：『什麽事？』賈珍忙笑道：『嬸嬸自然知道，如今孫子媳婦沒了，侄兒媳婦偏又病倒，我看裏頭，着實不成個體統。怎麽屈尊大妹妹一個月，庚側：不見突然。在這裏料理，我就放心了。』庚側：阿鳳此刻心癢矣。邢夫人笑道：『原來為這個。你大妹妹現在你二嬸嬸家，衹和你二嬸嬸說就是了。』王夫人忙道：『他一個小孩子家，庚側：三字愈令人可愛可憐。何曾經過這些事，倘或料理不清，反叫人笑話，倒是再煩別人好。』賈珍笑道：『嬸嬸的意思，侄兒猜着了，是怕大妹妹勞苦了。若說料理不開，我包管必料理的開，便是錯一點兒，別人看着，還是不錯的。從小兒大妹妹玩笑着，就有殺抹決斷，（庚側：阿鳳身份。）如今出了閣，又在那府裏辦事，越發歷練老成了。我想了這幾日，除了大妹妹再無人了。嬸嬸不看侄兒、侄兒媳婦的分上，衹看死了的分上罷！』說着，滾下淚來。（庚側：有筆力。）

王夫人心中，怕的是鳳姐兒未經過喪事，怕他料理不清，惹人恥笑。今見賈珍苦苦的說到這步田地，心中已活了幾分，卻又眼看着鳳姐出神。那鳳姐素日最喜攬事辦，好賣弄才幹，雖然當家妥當，也因未辦過婚喪大事，恐還不妥，巴不得遇見這事。今見賈珍如此一來，他心中早已歡喜。先見王夫人不允，後見賈珍說的情真，王夫人有活動之意，便向王夫人道：『大哥哥說的這麼懇切，太太就依了罷。』王夫人悄悄的道：『你可能麼？』鳳姐道：『有什麼不能的！外面的大事，已經大哥哥料理清了，（庚側：王夫人是悄言，鳳姐是響應，故稱『大哥哥』。已得三味矣。）不過是裏頭管管，便是我有不知道的，問太太就是了。』（甲側：胸中成見，已有是語。）王夫人見說的有理，便不作聲。賈珍見鳳姐允了，又賠笑道：『也管不得許多了，橫豎要求大妹妹辛苦辛苦。我這裏先與妹妹行禮，等事完了，我再到那府裏去謝。』說着，就作揖下去，鳳姐兒還禮不迭。

賈珍便忙向袖中取了寧國府對牌來，命寶玉送與鳳姐，又說：『妹妹愛怎樣，就怎樣。要什麼，祇管拿這個取去，也不必問我。祇求別存心替我省錢，祇要好看為上；二則也要同那府裏一樣待人才好，不要存心怕人抱怨。祇這兩件外，我再沒不放心的了。』鳳姐不敢就接牌，凡有本領者斷不越禮。接牌小事而必待命于王夫人者，誠家道之規範，亦天下之規範也。看是書者不可草草從事。祇見那王夫人道：『你哥哥既這麼說，你就照看照看罷了。祇是別自做主意，有了事，打發人問你哥哥、嫂子要緊。』寶玉早向賈珍手裏接過對牌來，強遞與鳳姐了。又問：『妹妹住在這裏，還是天天來呢？若是天天來，越發辛苦了。不如我這裏趕着收拾出一個院落來，妹妹住過這幾日倒安穩。』鳳姐笑道：『不用。二字句，有神。那邊也離不得我，倒是天天來的好。』賈珍聽說，祇得罷了。然後又說了一回閑話，方才出去。

一時女眷散後，王夫人因問鳳姐：『你今兒怎麼樣？』鳳姐兒道：『太太祇管請回，我須得先理出一個頭緒來，才回去得呢。』王夫人聽說，便先同邢夫人等回去，不在話下。

這裏鳳姐兒來至三間一所抱廈內坐了，因想：頭一件，是人口混雜，遺失東西；第二件，事無專執，臨期推委；第三件，需用過費，濫支冒領；第四件，任無大小，苦樂不均；第五件，家人豪縱，有臉者不服約束，無臉者不能上進。庚眉：讀五件事未完，余不禁失聲大哭。三十年前，作書人在何處耶？◎甲眉：舊族後輩，受此五病者頗多，余家更甚。三十年前（原作間）事，見書（原作知）于三十年後，令余悲慟，血泪盈面！此五件，實是寧國府中風俗，不知鳳姐如何處治，且聽下回分解。正是：五件事若能如法整理得當，豈獨家庭，國家天下治之不難。

金紫萬千誰治國，裙釵一二可齊家。甲眉：此回祇十頁。因刪去『天香樓』一節，少却四五頁也。

總評

借可卿之死，又寫出情之變態，上下大小，男女老少，無非情感而生情。且又藉鳳姐之夢，更化就幻空中一片貼切之情。所謂寂然不動，感而遂通。所感之象，所動之萌，深淺誠僞，隨種必報，所謂幻者此也，情者亦此也。何非幻，何非情？情即是幻，幻即是情，明眼者自見。

庚：通回將可卿如何死故隱去，是大發慈悲心也，嘆嘆！壬午春。

甲：『秦可卿淫喪天香樓』，作者用史筆也。老朽因有『魂托鳳姐』『賈家後事』二件，豈是安富尊榮坐享人能想得到處？其事雖未漏，其言其意則令人悲切感服，姑赦之。因命芹溪刪去。

校記

〔一〕此處的『問』字，原文爲『間』，據蒙府本改。

〔二〕此處的『目今以爲』一語，原文爲『自今以後』，據庚辰本改。

〔三〕此處的『無不納嘆，都有些傷心』一句，庚辰本爲：『無不納罕，都有些疑心。』

〔四〕此處的『使』字，原文爲『便』，據庚辰本改。

〔五〕此處的『殮』字，原文爲『檢』，據庚辰本改。

〔六〕此處的『發仙閣』一詞，庚辰本爲『登仙閣』。

〔七〕此處的『都』字，原文爲『諸』，據庚辰本改。

〔八〕此處的『掌宮』一詞，原文爲『掌官』，據庚辰本改。

〔九〕此處的『永平』二字，原文『永』，據蒙府本補『平』字；庚辰本爲『永安』，甲戌本爲『永興』。

〔十〕本處及後面榜文以及第十四回銘旌上的『宜人』，庚辰本爲『恭人』。『宜人』或『恭人』指封建時代，婦女根據丈夫或子孫的官職受封的稱謂。明、清時四品官的妻子稱『恭人』，五品官的妻子稱『宜人』。

第十四回　林如海捐館揚州城　賈寶玉路謁北静王

【回前】家書一紙千金重，勾引難防囑下人。任你無雙肝膽烈，多情念起自眉顰。

甲：鳳姐用彩明，因自己識字不多，且彩明系未冠之童。

寫鳳姐之珍貴，寫鳳姐之英氣，寫鳳姐之聲勢，寫鳳姐之心機，寫鳳姐之驕大。

昭兒回，并非林文、璉文，是黛玉正文。

牛，醜也。清，屬水，子也。柳拆（原作折）卯字，彪拆（原作折）虎字，寅字寓焉。陳即辰。翼火爲蛇，巳字寓焉。馬，午也。魁折鬼，鬼，金羊，未字寓焉。侯、猴同音，申也。曉鳴，鷄也，酉字寓焉。石，即豕，亥字寓焉。其祖曰（原作回）守業，即守夜也，犬字寓焉。——此所謂十二支寓焉。

路謁北静王，是寶玉正文。

話說寧國府中都總管來升，聞得裏面邀請了鳳姐，因傳齊同事人等說道：『如今請了西府裏璉二奶奶管理内事，倘或他來支取東西，或是說話，我們須要比往日小心些。每日大家早來晚散，寧可辛苦這一個月，過後再歇着，不要把老臉面丢了。庚側：此是都總管的話頭。那是個有名的烈貨，臉酸心硬，一時惱了，不認人的。』衆人都道：『有理。』又有一個笑道：『論理，我們裏面，也須得他來整治整治，庚側：伏綫在二十板之誤差婦人。都忒不像了。』正說着，衹見來旺媳婦拿了對牌來，領取呈文京榜紙札，票上批着數目。衆人連忙讓坐倒茶，一面命人按數取紙來抱着，同來旺媳婦一路行來，至儀門口，方交與來旺媳婦自己抱進去了。

鳳姐即命彩明釘造簿冊。庚眉：寧府如此大家，阿鳳如此身份，豈有使（原作便）貼身丫頭與家裏男人答話交事之理呢？此作者忽略之處。彩明系未冠小童，阿鳳便于出入使令者。老兄并未前後看明是男是女，亂加批駁。可笑！且明寫阿鳳不識字之故。壬午春。◎靖眉：用彩明，因自身識字不多，且系未冠之童故也。即時傳來升媳婦，兼要家口花名冊來查看，又限于明日一早，傳齊家人媳婦進來聽差等語。大概點了一點數目單冊，甲側：已有成見。問了來升媳婦幾句話，便坐車回家。一宿無話。

至次日，卯正二刻便過來了。那寧國府中婆娘、媳婦聞得到齊，衹見鳳姐正與來升媳婦分派，衆人不敢擅入，衹在窗外聽覷。庚側：傳神之筆。衹聽鳳姐與來升媳婦道：『既托了我，我就說不得要討你們嫌了。庚側：先站地步。我可比不得你們奶奶好性兒，由着你們去。再不要說你們「這府裏原是這樣」的話，庚側：此話聽熟了。一嘆！◎蒙側：『不要說』，『原是這樣的話（原作說）』，破盡痼弊（原作固蔽）根底。如今可要依着我行。庚側：宛轉得妙！錯我半點兒，管不得誰是有臉的，誰是沒臉的，一例現清白處治。』說着，便吩咐彩明念花名冊，按名一個一個喚進來看視。庚側：量才而用之意。

一時看完，便又吩咐道：『這二十個，分作兩班，一班十個，每日在裏頭單管人客來往倒茶，別的事不用他們管。這二十個，也分作兩班，每日單管本家親戚茶飯，別的事也不用他們管。這四十個人，也分作兩班，單在靈前上香添油，挂幔守靈，供飯供茶，隨起舉哀，別的事也不與他們相幹。這四個人，在內茶房收管杯碟茶器，若少一件，便叫他四個人賠。這四個人，單管酒飯器皿，少一件，也是他四個人賠。這八個，單管監收祭禮。這八個，單管各處燈油、蠟燭、紙札，我總支了來，交與你八個，然後按我的定數，再往各處去分派。這三十個，每日輪流各處上夜，照管門戶，監察火燭，打掃地方。這下剩的，按着房屋分開，某人守某處，某處所有桌椅古董起，至于痰盒撣帚，一草一苗，或丟或壞，就和守這處的人算帳補賠。來升家的，每日攬總查看，或有偷懶的，賭錢吃酒的，打架拌嘴(一)的，立刻來回我。你有徇情，經我查出，三四輩子的老臉就顧不成了。如今都有定規，以後那一行亂了，衹和那一行說話。素日跟我的人，隨身自有鐘表，不論大小事，我是皆有一定的時辰。橫豎你們上房裏也有時辰鐘。卯正二刻我來點卯，巳正吃早飯，凡有領牌回事的，衹在午初刻。戌初燒過黄昏紙，我親到各處查一遍，回來，上夜的交明鑰匙。第二日仍是卯正二刻過來。說不得咱們大家辛苦這幾日罷，庚側：所謂『先禮而後兵（原作賓）』是也。事完了，你們家大爺自然賞你們。』庚側：滑賊。好收煞！◎甲側：是協理口氣，好聽之至！

說罷，又吩咐按數發與茶葉、油燭、雞毛撣子、笤帚等物。一面又搬取家伙：桌圍、椅搭、坐褥、氈席、痰盒、腳踏之類。一面交發，一面提筆登記，某人管某處，某人領某物，開得十分清楚。衆人領了去，也都有了投奔，不似先時衹揀便宜的作，剩下的苦差沒個招攬。各房中也不能趁亂失迷東西。便是人來客往，也都安靜了，不比先前一個正擺茶，又去端飯，正陪舉哀，又顧接客。如這些無頭緒、荒亂、推托、偷閑、竊取等弊，次日一概都蠲了。

鳳姐兒見自己威重令行，心中十分得意。因見尤氏犯病，賈珍又過于悲哀，不大進飲食，自己每日從那府中煎了各樣細粥，精致小菜，命人送來勸食。庚眉：寫鳳之心機。賈珍也另外吩咐每日送上等菜到抱廈内，單與鳳姐。庚眉：寫鳳之珍貴。那鳳姐不畏勤勞，不畏勤勞者，一則任專而易辦，一則技癢而莫遏。『士爲知己者死。』不過勤勞，有何可畏？天天于卯正二刻就過來點卯理事，庚眉：寫鳳之英勇。獨在抱廈內起坐，不與衆妯娌合群，便有堂客來往，也不迎會。庚眉：寫鳳之驕大。如此寫得可嘆！可笑！

這日乃五七正五日上，那應佛僧〔二〕正開方破獄，傳燈照亡，參閻君，拘都鬼，筵請地藏王，開金橋，引幢幡；那道士們正伏章申表，朝三清，叩玉帝；禪僧們行香，放焰口，拜水懺；又有十三衆尼僧，搭綉衣，靸紅鞋，在靈前默誦〔三〕接引諸咒，十分熱鬧。那鳳姐必知今日人客不少，在家中歇宿一夜，至寅正，平兒便請起來梳洗。及收拾完備，更衣盥手，吃了兩口奶子糖、粳米粥，漱口已畢，已是卯正二刻了。來旺媳婦率領諸人伺候已久。鳳姐出至廳前，上了車，前面打了一對明角燈，大書『榮國府』三個大字，款款來至寧國府。大門上門燈朗挂〔四〕，兩邊一色戳燈，照如白晝，白汪汪穿孝僕從，兩邊侍立。請車至正門上，小廝等退去，衆媳婦上來揭起簾。鳳姐下了車，一手扶着豐兒，兩個媳婦執着手把燈兒，簇擁着鳳姐進來。寧府諸媳婦迎來請安接待。鳳姐緩緩走入會芳園中登仙閣〔五〕靈前，一見了棺材，那眼泪恰似斷綫之珠，滾將下來。院中許多小廝，垂手伺候燒紙。鳳姐吩咐得一聲：『供茶燒紙。』衹聽一棒鑼鳴，諸樂齊奏，早有人端過一張大圈椅來，放在靈前，鳳姐坐了，放聲大哭。庚側：誰家行事，寧不墮泪？于是裏外男女上下，見鳳姐出聲，都忙忙接聲嚎哭。一時賈珍、尤氏遣人來勸，鳳姐方才止住。

來旺媳婦獻茶漱口畢，鳳姐方起來，別過族中諸人，自入抱廈內來。按名查點，各項人數都已到齊，衹有迎送親客上的一人未到。庚側：須得如此，方見文章妙用。余前批非謬。即命傳到，那人已慌張愧懼。鳳姐冷笑道：凡鳳姐惱時，偏偏用『笑』字，是章法。『我說是誰誤了，原來是你！庚側：四字有神，是有名姓上等人口氣。你比他們有體面，所以才不聽我的話。』那人道：『小的天天都來的早，衹有今兒，醒了覺得早些，因又睡迷了，來遲了一步，求奶奶饒過這次。』正說着，衹見榮國府中的王興媳婦來了，庚側：偏用這等閑文間住。慣起波瀾，慣能忙中寫閑，又慣用曲筆，又慣錯綜寫，真妙！在前探頭。

鳳姐且不發放這人，庚側：的是鳳姐作法（原作仿）。卻先問：『王興媳婦做什麼？』王興媳婦巴不得先問他完了事，連忙進去說：『領牌取綫，打車轎網絡。』庚側：是喪事中用物，閑閑寫却。說着，將個帖兒遞上去。鳳姐命彩明念道：『大轎兩頂，小轎四頂，車四輛，共用大小絡子若幹根，用珠兒綫若幹斤。』鳳姐聽了，數目相合，便命彩明登記，取榮國府對牌擲下。王興家的去了。

鳳姐方欲說話時，衹見榮國府的四個執事人進來，卻都是要支取東西，領牌來的。鳳姐命彩明〔六〕要了帖念過，聽了，一共四件，指兩件說道：『這兩件開銷錯了，再算清了來取。』庚側：好看煞，這等文字！說着，擲下帖子來。那二人掃興而去。

鳳姐因見張材家的在旁，（庚側：又一頓挫。）因問：『你為什麽？』張材家的忙取帖兒回說：『就是方才車轎圍作成，領取裁縫工銀若幹兩。』鳳姐聽了，便收了帖子，命彩明登記。待王興家的〔七〕交過牌，得了買辦的回押相符，然後方與張材家的去領。一面又命念那一個，是為寶玉外書房完竣，支買紙料糊裱。（庚側：却從閑中，又引出一件關系文字來（原作乎）。）鳳姐聽了，即命收帖兒登記，待張材家的〔八〕繳清，再發給那人去了。

鳳姐便說道：『明兒他也睡迷了，後兒我也睡迷了，（庚側：接得緊，且無痕迹，是『山斷雲連法』也。◎甲側：接上文，一點痕迹俱無，且是仍與方才諸人說話神色口角。）將來都沒有人了。本來要饒你，祇是我頭一次寬了，下次人就難管，不如開發的好。』登時放下臉來，喝命：『帶出去〔九〕，打二十板子！』一面又擲下寧國府對牌：『出去說與來升，革他一月銀米〔十〕！』衆人聽說，又見鳳姐眉立，（庚側：二字如神。）知是惱了，不敢怠慢。拖人的，出去拖人，執牌傳諭的，忙去傳諭。那人身不由己，已拖出去挨了二十大板，還要進來叩謝。鳳姐道：『明日再有誤的，打四十，後日的，六十，要挨打的，祇管誤！』說着，吩咐：『散了罷。』窗外衆人聽說，方各自執事去了。彼時寧國、榮國兩處執事，領牌交牌的，人來人往不絕。那抱愧被打之人含羞去了，（又伏下文，非獨爲一段阿鳳之威勢費此筆墨。）這才知道鳳姐利害。衆人不敢偷安，自此兢兢業業，（庚側：收拾（原作什）得好。）執事保全，不在話下。

如今且說寶玉，庚側：忙中閑筆。因見今日人衆，恐秦鐘受了委屈，因私與他商議，要同他往鳳姐處來坐。秦鐘道：『他的事多，况且不喜人去，咱們去了，他豈不煩膩。』純是體貼人情。寶玉道：『他怎好膩我們？不相幹！祇管跟我來。』說着，便拉了秦鐘，直至抱廈。鳳姐才吃飯，見他們來了，便笑道：『好長腿子，快上來罷。』庚側：家常戲言，逼（原作畢）肖之至！寶玉道：『我們偏了。』鳳姐道：『在這邊外頭吃的，還是那邊吃的？』寶玉道：『這邊同那些渾人吃什麽！奇稱！試問：誰是清人？原是那邊，我們兩個同老太太吃了來的。』一面歸坐。

鳳姐吃畢飯，就有寧國府中的一個媳婦來領牌，為支取香燈事。鳳姐笑道：『我算着你們今兒該來支取，總不見來，想是忘了。這會子到底來取。要忘了，自然是你們包出來，都便宜了我。』那媳婦笑道：『何嘗不是忘了，庚側：下人迎合凑趣。逼（原作必）真！◎甲側：此婦亦善迎合。方才想起來，再遲一步，也領不成了。』說罷，領牌而去。

一時登記交牌。秦鐘因笑道：『你們兩府裏都是這牌，倘或別人私弄一個，支了銀子跑了，怎樣？』庚側：小人語。鳳姐笑道：『依你說，都沒王法了？』寶玉因道：『怎麽（十一）咱們家沒人領牌子做東西？』庚側：寫不理家務公子之語。鳳姐道：『人家來領的時候，你還做夢呢。庚側：言甚是也。我且問你，你們這夜書多早晚才念呢？』庚側：補前文之未到。寶玉道：『巴不得這如今就念才好，他們祇是不快收拾出書房來，這也無法。』鳳姐笑道：『你請我一請，包管就快了。』寶玉道：『你要快也不中用，他們該作到那裏的，自然就有了。』鳳姐笑道：『便是他們作，也得要東西，攔不住我不給對牌，是難的。』寶玉聽說，便猴向鳳姐身上，立刻要牌，庚側：詩中知有煉字一法，不期于《石頭記》中多得其妙。說：『好姐姐，給出牌子來，叫他們要東西去。』鳳姐道：『我乏的身子上生疼，還擱的住揉搓。你放心罷，今兒才領了紙，裱糊去了，他們該要的，還等叫去呢，可不傻了？』寶玉不信，鳳姐便叫彩明查冊子與寶玉看了。

正鬧着，人回：『蘇州去的人昭兒來了。』接得好。鳳姐急命喚進來。昭兒打千兒請安，鳳姐便問：『回來做什麼的？』昭兒道：『二爺打發回來的。林姑老爺是九月初三巳時沒的。庚側：攀兒方可長居榮府之文。二爺帶了林姑娘，送林姑老爺靈到蘇州，大約趕年底就回來。二爺打發小的來報個信請安，討老太太示下，還瞧瞧奶奶家裏好，叫把大毛衣服帶幾件去。』鳳姐道：『你見過別人了沒有？』昭兒道：『都見過了。』說畢，連忙退去。鳳姐向寶玉笑道：『你林妹妹可在咱們家住長了。』庚側：此系無意中之有意。妙！寶玉道：『了不得！想來這幾日，他不知哭的怎樣呢！』說着，蹙眉長嘆。

鳳姐見昭兒回來，因當着人，未及細問賈璉，心中自是記挂，待要回去，爭奈事情繁雜，一時去了，恐有些失誤，惹人笑話。少不得耐到晚上回來，復令昭兒進來，細問一路平安信息。連夜打點大毛衣服，和平兒親自檢點包裹，再細細追想所需何物，一并包藏，交付昭兒。蒙側：『追想所需』四字，寫盡能事者之所以爲（原無）能事者之底（原作的）蘊。又細細吩咐昭兒：『好生在外小心伏侍，不要惹你二爺生氣；時時勸他少吃酒，別勾引他認得的混帳老婆，甲側：切心事耶！果然有這些事〔十二〕，回來打折你的腿。』此一句最要緊。等語趕說完了，天已四更將盡，總睡下又〔十三〕走了困，庚側：此爲病源伏綫。後文方不突然。不覺又是天明鷄唱，便梳洗過寧府中來。

那賈珍因見發引日近，親自坐車，帶了陰陽司吏，往鐵檻寺來踏看寄靈所在。又一一囑咐住持色空，好生預備新鮮陳設，多請名僧，以備接靈使用。色空忙看晚齋，賈珍也無心茶飯，因天晚不得進城，就在淨室胡亂歇了一夜。次日早，便進城來，料理出殯之事，一面又派人先往鐵檻寺，連夜另外修飾停靈之處，并厨茶等項，接靈人口。

裏面鳳姐見日期有限，也預先逐細分派料理，一面又派榮府中車轎人從，跟王夫人送殯，又顧自己送殯去占下處。目今正值繕國公誥命亡故，王、邢二夫人又去打祭送殯；西安郡王妃華誕，送壽禮；鎮國公誥命生了長男，預備賀禮；又有胞兄王仁連家眷回南，一面寫家信稟叩父母，并帶往之物；又有迎春染病，每日請醫服藥，看醫生啟帖、癥源、藥案等事，亦難盡述。又兼發引在邇，因此忙的鳳姐茶飯也沒工夫吃得，坐卧不能清淨。庚眉：總得好。若到了榮府，寧府的人又跟到榮府；既回到寧府，榮府的人又找到寧府。鳳姐如此，心中倒十分歡喜，并不偷安推托，恐落人褒貶，因此日夜不暇，籌畫得十分的整肅。于是合族上下，無不稱嘆者。

這日伴宿之夕，裏面兩班小戲并耍百戲的，與親朋堂客伴宿，尤氏猶卧于内室，一應張羅款待，獨是鳳姐一人，周全承應。合族中雖有許多妯娌，但或有羞口的，或有羞腳的，或有不慣見人的，或有俱貴怯官的，種種之類，俱〔十四〕不及鳳姐舉止舒徐，言語慷慨，珍貴寬大；因此也不把衆人放在眼裏，揮霍指示，任其所為，目若無人。寫秦氏之喪，却祗為鳳姐一人。一夜中燈明火彩，客送官迎，那百般熱鬧，自不用說的。至天明，吉時已到，一班六十四名青衣請靈，前面銘旌上大書：

奉天洪建兆年不易之朝庚眉：『兆年不易之朝，永治太平之國。』奇甚，妙甚！**誥封一等寧國公**
冢孫婦防護
内廷紫禁道
御前侍衛龍禁尉享強壽賈門秦氏宜人之靈位

那一應執事陳設，皆系現趕着新做出來的，一色光艷奪目。寶珠自行未嫁女之禮，又摔喪駕靈，十分哀苦。

那時官客送殯的，有鎮國公牛清之孫、現襲一等伯牛繼宗，理國公柳彪之孫、現襲一等子柳芳，齊國公陳翼之孫、世襲三品威鎮將軍陳瑞文，治國公馬魁之孫、世襲三品威遠將軍馬尚，修國公侯曉明之孫、世襲一等子侯孝康；繕國公（石守業）誥命亡故，故其孫石光珠守孝，不曾來得。這六家與寧、榮二家，當日所稱『八公』的便是。餘者更有南安郡王之孫，西寧郡王之孫，忠靖侯史鼎，平原侯之孫、世襲二等男蔣子寧，定城侯之孫、世襲二等男兼京營游擊謝鯨，襄陽侯之孫、世襲二等男戚建輝，景田侯之孫、五城兵馬司裘良。餘者錦卿伯公子韓奇，神武將軍公子馮紫英，陳也俊、衛若蘭等諸王孫公子，不可枚數。堂客算來亦有十來頂大轎，三四十頂小轎，連家下大小轎車輛，不下百餘十乘。連前面各色執事、陳設、百耍，浩浩蕩蕩，一帶擺三四裏遠。

走不多時，路旁彩棚高搭，設席張筵，和音奏樂，俱是各家路祭：第一座是東平王府祭棚，第二座是南安郡王祭棚，第三座是西寧郡王，第四座是北靜郡王的。原來這四王，當日惟北靜王功高，及今子孫猶襲王爵。現今北靜王水溶，年未弱冠，生得形容秀美，情性謙和。近聞寧國公冢〔十五〕孫婦告殂，因想當日彼此祖父相與之情，同難同榮，難以異姓相視，因此不以王位自居，前日已曾探喪上祭，如今又設路奠，命麾下各官，在此伺候。自己五更入朝，公事已畢，便換了素服，坐大轎，鳴鑼張傘而來，至棚前落轎。手下各官，兩旁擁侍；軍民人衆，不得往還。一時祇見寧府大殯浩浩蕩蕩、壓地銀山一般從北而至。庚眉：數字道盡聲勢。□□壬午春，畸笏老人。早有寧府開路傳事人看見，連忙回去報與賈珍。賈珍急命前面駐扎，同賈赦、賈政三人連忙迎來，以國禮相見。水溶在轎内欠身含笑答禮，仍以世交稱呼接待，并不妄自尊大。賈珍道：『犬婦之喪，累蒙郡駕下臨，蔭生輩何以克當。』水溶道：『世交之誼，何出此言。』遂回頭命長府官主祭代奠。賈赦等在旁還禮畢，復身又來謝恩。

水溶十分謙遜，因問賈政道：『那一位是銜寶而誕者，庚眉：忙中閑筆，點綴玉兄，方不失正文中之正人。作者良苦。□□壬午春，畸笏。幾次要見一見，卻為雜冗所阻，想今日是來的，何不請來一會？』賈政聽說，忙回去，急命寶玉脫去孝服，領他前來。那寶玉素日就曾聽得父兄親友人等說閑話，贊水溶是個賢王，蒙側：寶玉見北靜王水溶，是爲後文之伏綫。且生得才貌雙全，風流瀟灑，每不以官俗國體所縛。每思相會，祇是父親拘束嚴密，無由得會，今見反來叫他，自是歡喜。一面走，一面早瞥見那水溶坐在轎内，好個儀表人材。不知近看時，又是怎樣，且聽下回分解。

總評

大抵事之不理，法之不行，多因偏于愛惡，優（原作幽）柔不斷。請看鳳姐無私，猶能整齊喪事。况丈夫輩受職于廟堂之上，倘能奉公守法，一毫不苟，承上率下，何有不行？

庚：此回將大家喪事詳細剔盡，如見其氣概，如聞其聲音，絲毫不錯。作者不負大家後裔。寫秦死之盛，賈珍之奢，實是却寫得一個鳳姐。

校記

〔一〕此處的『拌嘴』二字，原文爲『辨嘴』，甲戌本、己卯本、庚辰本均爲『辦嘴』，校者據詞義改。

〔二〕此處的『佛僧』二字，原文爲『福僧』，據庚辰本改。

〔三〕此處的『默誦』二字，原文爲『點誦』，據庚辰本改。
〔四〕此處的『朗挂』二字，原文爲『廊挂』，據蒙府本改。
〔五〕此處的『發仙閣』三字，原文爲『登發仙閣』，庚辰本爲『登仙閣』，參照第十三回改。
〔六〕此處的『彩明』二字，原文爲『他們』，據甲戌本改。
〔七〕此處的『王興家的』數字，原文爲『王興』，據夢稿本改。
〔八〕此處的『張材家的』數字，原文爲『張材的』，據甲戌本補『家』字。
〔九〕原文無『去』字，按庚辰本補。
〔十〕此處的『銀米』二字，原文爲『飯米』，據庚辰本改。
〔十一〕此處的『麽』，原文爲『樣』，據庚辰本改。
〔十二〕原文無『果然有這些事』一句，按庚辰本補。
〔十三〕此處的『又』原文爲『又要』，據庚辰本删去『要』字。
〔十四〕此處的『俱』，原文爲『但』，據庚辰本改。
〔十五〕此處的『家』，原文爲『家』，據庚辰本改。

第十五回 王鳳姐弄權鐵檻寺 秦鯨卿得趣饅頭庵

【回前】欲顯錚錚不避嫌，英雄每入小人緣。鯨卿些子風流事，膽落魂銷已可憐。

甲：寶玉謁北静王辭對神色，方露出本來面目，迥非在閨閣中之形景。

北静王問玉上字果驗否，政老對以未曾試過，是隱却多少捕風捉影閑文。

北静王論聰明伶俐，又年幼時爲溺愛所累，亦大得病源之語。

鳳姐中火，寫紡綫村姑，是寶玉閑花野景一得情趣。

鳳姐另住，明明系秦、玉、智能幽事，却是爲净虚鑽營鳳姐大大一件事作引。

秦、智幽情，忽寫寶、秦事雲：『不知算何帳目，未見真切，不曾記得，此系疑案，不敢（原無）纂（原作蓁）創。』是不落套中，且省却多少累贅筆。昔安南國使有題一丈紅句雲：『五尺墻頭遮不得，留將一半與人看。』

話說寶玉舉目見北靜王水溶頭上戴着潔白簪纓銀翅王帽，穿着江牙海水五爪坐龍白蟒袍，系着碧玉紅鞓帶，面如美玉，目似明星，真好秀麗人物。寶玉忙搶上來參見，水溶連忙從轎内伸出手來挽住。見寶玉戴着束發銀冠，勒着雙龍出海抹額，穿着白蟒箭袖，圍着攢珠銀帶，面若春花，目如點漆。靖眉：傷心筆。◎又換此一句，如見其形。水溶笑道：『名不虛傳，果然如「寶」似「玉」。』因問：『銜的那寶貝在那裏？』寶玉見問，連忙從衣裏取了，遞與過去。水溶細細的看了，又念了那上頭的字，因問：『果靈驗否？』賈政忙道：『雖如此說，祇是未曾試過。』水溶一面極口稱奇道异，一面理好彩絛，親自與寶玉帶上，鐘愛之至。又攜手問寶玉幾歲，讀何書。寶玉一一答應。

水溶見他語言清楚，談吐有致，庚眉：八字道盡玉兄。如此等方是玉兄正文寫照。□□壬午（原作王文）季春。一面又向賈政笑道：『令郎真乃龍駒鳳雛，非小王在世翁前唐突，將來「雛鳳勝于老鳳」，家聲未可量也。』妙極！開口便是西昆體，寶玉聞之，寧不刮目哉？賈政忙賠笑道：『犬子豈敢謬承金獎。賴藩郡提攜，果如是言，亦蔭生輩之幸矣。』庚側：謙的得體。水溶又道：『祇是一件，令郎如是資格，想老太夫人、夫人輩自然鐘愛極矣；但吾輩後生，甚不宜鐘溺；鐘溺，則未免荒失學業。昔小王曾蹈此轍，想令郎亦未必不如是也。若令郎在家，難以用功，不妨常到寒第。小王雖不才，卻多蒙海上衆名士凡至都者，未有不另垂青目，是以寒第高人頗聚。令郎常去談會談會，則學問可以日進矣。』賈政忙鞠躬答應。

水溶又將腕上一串念珠卸了下來，遞與寶玉道：『今日初會倉促，竟無敬賀之物，此即前日聖上親賜鶺鴒香念珠一串，權為敬賀之禮。』寶玉連忙接了，回身奉與賈政。（庚側：轉出沒調教。）賈政與寶玉一齊謝過。于是賈赦、賈珍等一齊上來請回輿，水溶道：『逝者已登仙界，非碌碌你我塵寰中之人也。小王雖上叨(一)天恩，虛邀郡襲，豈可越仙輀而進也？』賈赦等見執意不從，祇得告辭謝恩回來，命手下掩樂停音，滔滔然將殯過完，（庚側：有層次，好看煞！）方讓水溶回輿去了，不在話下。

且說寧府送殯，一路熱鬧非常。剛至城門前，又有賈赦、賈政、賈珍(二)等諸同僚屬下各家祭棚接祭，一一的謝過，然後出城，竟奔鐵檻寺大路行來。彼時賈珍帶賈蓉來到諸長輩前，讓坐轎上馬，因而賈赦一輩的，各自上了車轎；賈珍一輩的，也將要上馬。鳳姐兒因記挂着寶玉，怕他在郊外縱性逞強，（庚側：細心人自應（原作因）如是。）◎（甲側：千百件忙事內不漏一絲。）不服家人的話，賈政管不着這些小事，惟恐有個失閃，難見賈母，因此便命小廝來喚寶玉。寶玉祇得來到他車前。鳳姐笑道：『好兄弟，你是個尊貴人，女孩兒一樣的人品，（非此一句寶玉必不依，鳳姐真好才情。）別學他們猴在馬上。下來，咱們姐兒兩個坐車，豈不好？』寶玉聽說，忙下了馬，爬入鳳姐車上，二人說笑前來。

不一時，衹見從那邊兩騎馬壓地飛來，庚側：有氣有聲，有（原作寫）形有影。離鳳姐車不遠，一齊躥下來，扶車回說：『這裏有下處，奶奶請歇更衣。』鳳姐急命請邢夫人、王夫人的示下，庚側：有次序。那人回說：『太太們說不用歇了，叫奶奶自便罷。』鳳姐聽了，便命歇了再走。衆小廝聽了，一帶轅馬，岔出人群，往北飛走。寶玉在車內，急命請秦相公。那時秦鐘正騎馬隨着他父親的轎，忽見寶玉的小廝跑來，請他去打尖。秦鐘看時，衹見鳳姐兒的車往北而去，後面拉着寶玉的馬，搭着鞍籠，便知寶玉同鳳姐坐車，自己也便帶馬趕上來，同入一莊門內。

早有家人將衆莊漢攆盡。那莊的人家無多房舍，婆娘們無處回避，衹得由他們去了。那些村姑莊婦見了鳳姐、寶玉、秦鐘的人品衣服，禮數款段，豈有不愛看的？一時鳳姐進入茅堂，因命寶玉等先出去玩玩。寶玉等會意，因同秦鐘出來，帶着小廝們各處游玩。凡莊農動用之物，皆不曾見過。庚側：真，逼（原作畢）真！寶玉一見了鍬、钁、鋤、犁等物，皆以為奇，不知何項〔三〕所使，其名為何。凡膏粱子弟齊來着眼。小廝從旁一一的告訴了名色，說明原委。寶玉聽了，也蓋因未見之故也。因點頭嘆道：『怪道古人詩上說，「誰知盤中餐，粒粒皆辛苦」，正為此也。』

庚眉：寫玉兄正文，總于此等處。作者良苦。□□壬午季春。◎聰明人自是一喝即悟。一面說，一面又至一間房前，祇見炕上有個紡車，寶玉又問小廝們：『這又是什麼？』小廝們又告訴他原委。寶玉聽說，便上來擰轉作耍，自為有趣。祇見一個約有十七八歲的村莊丫頭，跑了來亂嚷：『別動壞了！』庚側：天生地設之文。衆小廝忙斷喝攔阻。寶玉忙丢開手，賠笑說道：庚眉：一『忙』字，二『賠笑』字，寫玉兄是在女兒分上，壬午季春。『我因為沒見過這個，所以試他一試。』那丫頭道：『你們那裏會弄這個，站開了，庚側：三字如聞。◎甲側：如聞其聲，見其形。◎蒙側：這丫頭是技癢，是多情，是自己生活恐至損壞？寶玉此時一片心神，另有主張。我紡與你瞧。』秦鐘暗拉寶玉笑道：『此卿大有意趣。』庚側：忙中閑筆，却伏下文。寶玉一把推開，笑道：『該死的！再胡說，我就打了。』庚側：玉兄身份，本心如此。◎甲側：的是寶玉生性（原作性生）之言。說着，祇見那丫頭紡起綫來。寶玉正要說話時，庚眉：若說話，便不是《石頭記》中文字也。祇聽那邊老婆子叫道：『二丫頭，快過來！』那丫頭聽見，丢下紡車，一徑去了。

寶玉悵然無趣。處處點情，又伏下一段後文。祇見鳳姐兒打發人來，叫他兩個進去。鳳姐洗了手，換衣服抖灰，問他們換不換。寶玉不換，祇得罷了。家下僕婦們將帶着行路的茶壺、茶杯、十錦屜盒、各樣小食端來，鳳姐等吃過茶，待他們收拾完備，便起身上車。外面旺兒預備下賞封，賞了本村主人。莊婦等來叩賞。鳳姐并不在意，寶玉卻留心看時，內中并無二丫頭。庚側：妙在不見。一時上了車，出來走不多遠，祇見迎頭二丫頭懷裏抱着他小兄弟，〔庚側：妙在此時方見。錯綜之妙如此！〕同着幾個小女孩子，說笑而來。寶玉恨不得下車跟了他去，料是衆人不依的，少不得以目相送。爭奈車輕馬快，〔四字有文意。人生離聚，亦未嘗不如此也。〕一時轉眼無踪。

走不多時，仍又跟上大殯了。早有〔四〕前面法鼓金鐃，幢幡寶蓋——檻寺接靈衆僧齊至。少時入寺中，另演佛事，重設香壇。安靈于內殿旁室之中，寶珠安理寢室相伴。外面賈珍款待一應親友，也有擾飯的，也有不吃飯而辭的，一應謝過乏，從公侯伯子男一起一起的散去，至未末時方才散盡了。裏面的堂客，皆是〔五〕鳳姐張羅接待，先從顯官誥命散起，也到晌午大錯時方散盡了。祇有幾個親戚是至近的，等做過三日安靈道場方去。那時邢、王二夫人知鳳姐必不能來家，也便就要進城。王夫人要帶寶玉去。寶玉乍到郊外，那裏肯回去，祇要跟鳳姐住着。王夫人無法，祇得交與鳳姐，便回來了。

原來這鐵檻寺，原是寧、榮二公當日修造，現今還是有香火地畝布施，以備族中老了人口，在此便宜寄放。其中陰陽兩宅，俱已預備妥帖，〔大凡創業之人，無有不爲子孫深謀至細。奈後輩仗一時之榮顯，猶爲不足，另生枝葉，雖華麗過先，奈不常保，亦足可嘆，怎及先人之常保其樸哉！近世浮華子弟齊來着眼。〕好爲送靈人口寄居。〔庚眉：《石頭記》總于没要緊處閑三二筆，寫正文筋骨。看官當用巨眼，不爲彼瞞過方好。壬午季春。◎祖宗爲子孫之心細到如此。〕不想如今後輩人口繁盛，其中貧富不一，或性情參商：〔所謂『源遠水則濁，枝繁果則稀。』余爲天下痴心祖宗爲子孫謀千年業者痛哭。〕有那家業艱難安分的，〔妙在艱難就安分，富貴則不安分矣。〕便住在這裏了；有那尚排場有錢勢的，祇說這裏不方便，一定另外或村莊或尼庵尋個下處，為事畢宴退之所。（真真辜負祖宗體貼子孫之心。）即今秦氏之喪，族中諸人皆權在鐵檻寺下榻，獨有鳳姐嫌不方便，（不用說，阿鳳自然不肯將就一刻的。）因而早遣人來，和饅頭庵的尼姑淨虛說了，騰出兩間房子來作下處。

原來這饅頭庵就是水月庵，因他廟裏做的饅頭好，就出了這個諢號，離鐵檻寺不遠。（前人詩雲：『縱有千年鐵門限，終須一個土饅頭。』是此意。故『不遠』二字有文章。）當下和尚功課已完，奠過晚茶，賈珍便命賈蓉請鳳姐歇息。鳳姐見還有幾個妯娌陪着女親，自己便辭了眾人，帶了寶玉、秦鐘，往水月庵來。秦業年邁多病，（伏筆。）不能在此，祇命秦鐘等待安靈罷了。那秦鐘便祇跟鳳姐、寶玉，一時到了水月庵，淨虛帶領智善、智能兩個徒弟出來迎接，大家見過。鳳姐另至淨室，更衣淨手畢，見智能兒越發長高了，模樣兒越發出息了，因說道：『你們師徒怎麼這些日子也不往我們那裏去？』淨虛道：『可是這幾天都沒工夫，因胡老爺府裏產了公子，太太送了十兩銀子來這裏，叫請幾位師父念三日《血盆經》，忙的沒個空兒，就沒來請奶奶的安。』（虛陪一個胡姓，妙！言是糊塗人之所爲也。）

不言老尼陪着鳳姐。且說秦鐘、寶玉二人正在殿上玩耍，因見智能過來，寶玉笑道：『能兒來了。』秦鐘道：『理那東西做什麼？』寶玉笑道：『你別弄鬼，那一日在老太太屋裏，一個人沒有，你摟着他做什麼？

這會子還哄我。』（補出前文未到處，細思秦鐘近日在榮府所爲可知矣。）秦鐘笑道：『這可是沒有的話。』寶玉笑道：『有沒有也不管你，你衹叫住他，倒碗茶來我吃，就丟開手。』秦鐘笑道：『這又奇了，你叫他倒去，還怕他不倒？何必要我說呢。』寶玉道：『我叫他倒，是無情意的；不及你叫他倒的，是有情意的。』（總作如是等奇語。）秦鐘衹得說道：『能兒，倒碗茶來給我。』那智能兒自幼在榮府走動，無人不識，因常與寶玉、秦鐘玩笑。他如今大了，漸知風月，便看上了秦鐘人物風流，那秦鐘也極愛他妍媚，二人雖未上手，卻已情投意合了。（不愛寶玉，卻愛秦鐘，亦是各有情孽。）今智能見了秦鐘，心眼俱開，走去倒了茶來。秦鐘笑說：『給我。』（如聞其聲。）寶玉叫：『給我！』智能兒抿嘴笑道：『一碗茶也爭，我難道手裏有蜜！』（一語畢肖，如聞其語，觀者已自酥倒，不知作者從何着想。）寶玉先搶得了，吃着，方要問話，衹見智善來叫智能去擺茶碟子。一時，來請他兩個去吃茶果點心。他兩個那裏吃這東西，坐一坐，仍出來玩耍。

鳳姐亦略坐片時，便回至淨室歇息，老尼相送。此時衆婆娘、媳婦見無事，都陸續散了，自去歇息，跟前不過幾個心腹常侍小婢，老尼便趁機說道：『我正有一事，要到府裏求太太，先請奶奶一個示下。』鳳姐因問何事。老尼道：『阿彌陀佛！（開口稱佛，畢竟可嘆可笑！）衹因當日我先在長安縣內善才庵（『才』字妙。）內出家的時節，那時有個施主姓張，是大財主。他有個女兒，小名金哥，（俱從一『財』字上發生。）那年都來我廟裏進香，不想遇見了長安府府太爺的小舅子李衙內。那李衙內一心看上，要娶金哥，打發人來求親，不想金哥已受了原任長安守備的公子的聘定。張家若退親，又怕守備不依，因此說已有了人家。誰知李公子執意不依，定要娶他女兒，張家正無計策，兩處為難。不想守備家聽了此信，也不管青紅皂白，便來作踐辱罵：「一個女兒許幾家」，偏不許退定禮，就打官司告狀起來。守備一聞便問，斷無此理。此必是張家懼府尹之勢，必先退定禮，守備方不從，或有之。此時老尼，祇欲與張家完事，故將言遮飾，以便退親，受張家之賄也。那張家急了，如何便急了，話無頭緒。可知張家理屈。此作者巧摹老尼無頭緒之語，莫認作者無頭緒，正神處奇處。摹一人，一人必到紙上活現。祇得着人上京來尋門路，賭氣偏要退定禮。如今的是張家要與府尹攀親。我想如今長安節度雲老爺與老爺最契，可以求太太與老爺說聲，打發一封書去，求雲老爺和那守備說聲，不怕那守備不依。若是肯行，張家連傾家孝順，也就情願。』壞極！妙極！若與府尹攀了親，何惜張財不能再得？小人之心如此，良民遭害如此。

鳳姐聽了，笑道：『這事倒不大，甲側：五字是阿鳳心迹。祇是太太再不管這樣的事。』老尼道：『太太不管，奶奶可以主張了。』鳳姐聽說，笑道：『我也不等銀子使，也不作這樣的事。』庚側：口是心非，如聞已見。淨虛聽了，打去妄想。半晌，嘆道：庚側：一嘆轉出多少至惡不畏之文來。『雖如此說，張家已知我來求府裏，庚眉：閨閣營謀說事，往往被此等語惑了。如今不管這事，張家不知道沒工夫管這事，不希罕他的謝禮，倒像府裏連這點子手段也沒有的一般。』

鳳姐聽了這話，便發了興頭，說道：『你是素日知道我的，從來不信什麼是陰司地獄報應的，庚側：批書人深知卿有是心。嘆嘆！

憑是什麼事，我說要行就行。你叫他拿三千銀子來，我就替他出這口氣。』老尼聽說，喜不自禁，忙說：『有，有！這個不難。』鳳姐又道：『我比不得他們扯蓬拉牽的圖銀子。庚側：欺人太甚！這三千銀子，不過是給打發說去的小廝作盤纏使用，賺幾個辛苦錢，我一個錢也不要他的。庚側：對如是之奸尼（原作妮），阿鳳不得不如是語。便是三萬兩，我此刻也拿的出來。』阿鳳欺人如此。老尼連忙答應，又說道：『既如此，奶奶明日就開恩，也罷了。』鳳姐道：『你瞧瞧我忙的，那一處少了我？既應了你，自然快快的了結。』老尼道：『這點子事，在別人的跟前，就忙的不知怎麼樣〔六〕，若是奶奶跟前，再添上些，也不夠奶奶一發揮的。蒙側：『若是奶奶』等語，陷害殺無窮英明豪烈者。譽而不喜，毀而不怒，或可逃此等術法。祇是俗語說的「能者多勞」，太太因大小事見奶奶妥帖，率性都推給奶奶了，奶奶也要保重金體才是。』一路話，奉承的鳳姐越發受用，也不顧勞乏，更攀談起來。總寫鳳姐聰明中痴人。

誰想秦鐘趁黑無人，來尋智能。剛至後面房內〔七〕，祇見智能獨在房中洗茶碗，秦鐘跑來，便摟着親嘴。智能急的跺腳，說着：『這算什麼！再這麼，我就叫喚。』秦鐘求道：『好人，我已急死了。你今兒再不依，我就死在這裏。』智能道：『你想怎樣？除非等我出了這牢坑，離了這些人，才依你。』秦鐘道：『這也容易，祇是遠水救不得近渴。』說着，一口吹了燈，滿屋漆黑，將智能抱到炕上，庚側：此處寫小小風波事，亦在人意外。誰知小秦伏綫，大有根處。◎

庚眉：實表奸淫尼庵之事如此。□□壬午季春。 就雲雨起來。那智能百般的掙挫不起，又不好叫的，庚側：還是不肯叫。 少不得依他了。正在得趣，祇見一人進來，將他二人按住，也不作聲。二人不知是誰，唬的不敢動一動。祇聽那人『嗤』的一聲，撐不住笑了，庚側：請掩卷細思，此刻形景，真可噴飯！歷來風月文字可有如此趣味者？ 二人聽聲，知是寶玉。秦鐘連忙起誓，抱怨道：『這算什麼？』寶玉笑道：『你倒不依，咱們就叫喊起來。』羞的智能趁黑地跑了。庚眉：若歷寫完，則不是《石頭記》文字了。□□壬午季春。 ◎ 蒙側：請問此等光景，是強是順？一片兒女之態，自與凡常不同。細極！妙極！ 寶玉拉了秦鐘出來道：『你可還和我強？』秦鐘笑道：『好人，庚側：前以二字稱智能，今又稱玉兄。看官細思。 你祇別嚷的衆人知道，你要怎樣，我都依。』寶玉笑道：『這會子也不用說，等一會〔八〕睡下，再細細的算帳。』一時寬衣安歇的時節，鳳姐在裏間，秦鐘、寶玉在外間，滿地下皆是家下婆子，打鋪坐更。鳳姐因怕通靈玉失落，便等寶玉睡下，命人拿來塞在自己枕邊。寶玉不知與秦鐘算何帳目，未見真切，未曾記得，此系疑案，不敢纂創。忽又作如此評斷，似自矛盾，却是最妙之文。若不如此隱去，則又有何妙文可寫哉？這方是世人意料不到之大奇筆。若通部中萬萬件細微之事俱備，《石頭記》真亦覺太死板矣。故特因此二三件隱事，借石之未見真切，淡淡隱去，越覺得雲烟渺茫之中，無限丘壑在焉。 一宿無話。

至次日一早，便有賈母、王夫人打發了人來看寶玉，又命多穿兩件衣服，無事寧可回去。寶玉那裏肯回去，又有秦鐘戀着智能，調唆寶玉求鳳姐再住一天。鳳姐想了一想：一想便有許多的好處。真好阿鳳。 凡喪儀大事雖妥，還有一半點小事未曾安插，可以借此再住一日，豈不又在賈珍跟前送了滿情；二則又可以完淨虛那事；三則順了寶玉的心，賈母聽見，豈不歡喜？因有此三益，世人祇雲一舉兩得，獨阿鳳一舉更添一得。便向寶玉道：『我事都完了，你要逛，少不得率性辛苦一日罷了，明兒可是定要走的了。』寶玉聽說，千姐姐萬姐姐的央求：『祇住一日，明兒必回去的。』于是又住了一夜。

鳳姐便命悄悄將昨日老尼之事，說與來旺兒。來旺兒心中俱已明白，急忙進城，找着主文的相公，假托賈璉所囑，修書一封，不細。連夜往長安縣來，不過百裏路程，兩日工夫俱已妥帖。那節度使名喚雲光，久欠[九]賈府之情，這一點小事，豈有不允之理。給了回書，旺兒回來。且不在話下。庚：一語過下。

卻說鳳姐等又過一日，次日方別了老尼，着他三日後往府裏去討信。庚：過至下回。那秦鐘與智能百般不忍分離，背地裏多少幽期密約，俱不用細述，祇得含情而別。鳳姐又到鐵檻寺中照望一番。寶珠執意不肯回家，賈珍祇得派婦女相伴。後回再見。

總評

請看作者寫勢利之情，亦必因激動；寫兒女之情，偏生含蓄不吐：可謂細針密縫。其述説一段，言語形迹無不逼真，聖手神文，敢不熏沐拜讀？

校記

〔一〕此處的『叨』，原文爲『叩』，據甲戌本改。

〔二〕原文無『賈珍』二字，按庚辰本補。

〔三〕此處的『何項』二字，原文爲『何向』，據蒙府本改。

〔四〕此處的『有』字，原文爲『又』，據庚辰本改。

〔五〕原文無『是』字，據甲戌本補。

〔六〕原文無『樣』字，按庚辰本補。

〔七〕原文無『内』字，按蒙府本補。

〔八〕此處的『會』字，原文爲『回』，據庚辰本改。

〔九〕此處的『欠』字，原文爲『見』，校者改。

第十六回

賈元春才選鳳藻宮　秦鯨卿夭逝黃泉路

【回前】請看財勢與情根，萬物難逃造化門。曠典傳來空好聽，那如知己解温存。

甲：幼兒小女之死，得情之正氣，又爲痴貪輩一針灸（原作疚）。鳳姐惡迹多端，莫大于此件者：受贓婚以致人命。賈府連日熱鬧非常，寶玉無見無聞，却是寶玉正文。夾寫秦、智數句，下半回方不突然。黛玉回，方解寶玉爲秦鐘之憂悶，是天然之章法。平兒借香菱答話，是補菱姐近來着落。（此處原有批語『趙嫗討情閑文，却引出通部脉絡……』，因與本回『鳳姐道：「可是別誤了正事。才剛老爺叫你做什麽？」』句後面的夾批相同，故删去。）

大觀園用省親事出題，是大關鍵處，方見大手筆行文之立意。

借省親事寫南巡，出脱心中多少憶昔（原作惜）感今。

極熱鬧極忙中，寫秦鐘夭逝，可知除情字，俱非寶玉正文。

大鬼小鬼論勢利興衰，罵盡鑚（原作攢）炎附勢之輩。

話說寶玉見收拾了外書房，約定與秦鐘讀夜書。偏那秦鐘秉賦最弱，因在郊外受了些風霜，又與智能偷期綣繾未免失于調養，庚側：勿笑！這樣無能，却是寫與人看。回來時便咳嗽傷風，懶進飲食，大有不勝之態，遂不敢出門，祇在家中養息。為下文伏綫。寶玉便掃了興頭，祇得付于無可奈何，且自靜候大愈時再約。所謂『好事多魔』也。奈何。

那鳳姐兒已是得了雲光的回信，俱已妥協。老尼達知張家，果然那守備忍氣吞聲的受了前聘之物。誰知那張家父母如此畏勢貪財，却養了一個知義多情的女兒，庚側：所謂『老鴉窩裏出鳳凰』，此女是十二釵之外副（原作付）者。聞得父母退了前夫，他便一條麻繩悄悄的自縊了。那守備之子聞得金哥自縊，他也是個極多情的，遂也投河而死，不負妻義。庚側：一（原作不）雙美滿夫妻。張李兩家沒趣，真是人財兩空。這裏鳳姐却坐享了三千兩，庚側：如何消繳（原作檄）？造孽（原作業）者不知，自有知者。王夫人等連一點消息也不知道。自此鳳姐膽識愈壯，以後有了這樣的事，便恣意的作為起來，也不消多記。

一段收拾過鳳姐心機膽量，真與雨村是一對亂世之奸雄。後文不必細寫其事，則知其平生之作為。回首時，無怪乎其慘痛之態，使天下痴人同來一警，或可（原作萬）期共入于怡然自得之鄉矣。

一日，正是賈政生辰，寧、榮二處人丁都齊集慶賀，鬧熱非常。忽有門吏忙忙進來，至席前報說：『有六宮都太監夏老爺來降旨。』唬的賈赦、賈政等一幹人不知是何消息，忙止了戲文，撤去酒席，擺了香案，啟中門跪接。早見六宮都太（一）監夏守忠乘馬而至，前後左右又有許多內監跟從。那夏守忠也并不曾負詔捧敕，至檐下下馬，滿面笑容，走至廳上，南面而立，口內說：『特旨：立刻宣賈政入朝，在臨敬殿陛見。』庚眉：潑天喜事却如此開宗，出人意料外之文也。□□壬午季春。說畢，也不及吃茶，便乘馬去了。賈赦等不知是何兆頭。衹得急忙忙去更衣入朝。

賈母等合家人等，心中皆惶惶不定，不住的使人飛馬來往探信。有兩個時辰工夫，忽見賴大等三四個管家喘吁吁跑進儀門報喜，又說『奉老爺命，速請老太太帶領太太等進朝謝恩』等語。那時賈母正心神不定，在大堂廊下佇立，庚側：慈母愛子寫盡。回廊下伫立，與『日暮倚廬仍悵望』對景，余掩卷而泣。◎庚眉：『日暮倚廬仍悵望』，南漢先生句也。邢夫人、王夫人、尤氏、李紈、鳳姐、迎春姊妹以及薛姨媽等皆在一處，聽如此說，同賈母便喚進賴大來細問端的。賴大稟道：『小的們衹在臨敬門外伺候，裏頭的信息一概不能得知。後來還是夏太監出來道喜，說咱們家大小姐晉封為鳳藻宮尚書，加封賢德妃。後來老爺出來也（二）如此吩咐小的。如今老爺又往東宮去了，速請老太太領着太太們去謝恩。』賈母等聽了方心神安定，不免又都洋洋喜氣盈腮。庚側：字眼，留神！亦人之常情。于是都按品大妝起來了。賈母帶領邢夫人、王夫人、尤氏，一共四乘大轎入朝。賈赦、賈珍亦換了朝服，帶領賈蓉、賈薔奉侍賈母大轎前往。于是寧、榮兩處上下裏外，莫不欣然踴躍，辰：秦氏生魂先告鳳姐矣。個個面上皆有得意之狀，言笑鼎沸不絕。

誰知近日水月庵的智能私逃進城，庚側：忽然接水月庵，似大脫卸（原作泄）。及讀至後文，方知爲緊收。此大段有如歌疾調迫之際，忽聞戛然檀板截斷。真見其大力量處，却便于寫寶玉之文。◎甲側：好筆杖，好機軸。找至秦鐘家下，看視秦鐘，不意被秦業知覺，將智能逐出，將秦鐘打了一頓，自己氣的老病發了，三五日光景嗚呼死了。秦鐘本自怯弱，又帶病未愈，受了笞杖，今見老父氣〔三〕死了，此時痛悔無及，又添了許多癥候。因此寶玉心中，悵然如有所失。庚眉：凡用寶玉收拾（原作什），俱是大關鍵。雖聞得元春晉封之事，亦未解得愁悶。眼前多少閙熱文字不寫，却從萬人意外撰了一段悲傷，是別人不屑寫者，亦別人之不能處。賈母等如何謝恩，如何回家，親朋如何來慶賀，寧、榮兩處近日如何熱鬧，衆人如何得意，獨他一個，視有如無，毫不曾介意。庚側：的的真真寶玉。因此衆人嘲他越發呆了。大奇至妙之文，却用寶玉一人連用五『如何』（原作爲如何），隱過多少繁華勢利等文。試思若不如此，必至種種寫到，其死板拮据、瑣碎雜亂，何可勝哉？故祇借寶玉一人如此一寫，省却多少閑文，却有無限烟波。

且喜賈璉與黛玉回來，先遣人來報信，明日就可到家。寶玉聽了，方略有些喜意。不如（原作知）此，後文秦鐘死去，將何以慰寶玉？細問原由，方知賈雨村亦進京陛見，皆由王子騰累上保本，此來候補京缺，與賈璉是同宗弟兄，又與黛玉有師徒之誼，故同路作伴而來。林如海已葬入祖墳了，諸事停妥，賈璉方進京的。本該出月到家，因聞得元春喜信，遂晝夜兼程而進，一路俱各平安。寶玉祇問得黛玉『平安』二字，餘者也就不在意了。又從天外寫出一段離合來，總爲掩過寧、榮兩處許多瑣細閑筆。處處交代清楚，方好啓大觀園也。

好容易庚側：三字是寶玉心中。盼至明日午錯，果報：『璉二爺和林姑娘進府了。』見面時彼此悲喜交接，未免又大哭一陣，後又致喜慶之詞。世界上亦如此，不獨（原作讀）書中瞬息，觀此便可省悟。寶玉心中品度黛玉，越發出落的超逸了。黛玉又帶了許多書籍來，忙着打掃卧室，安插器具，又將些紙筆等物分送寶釵、迎春、寶玉等人。寶玉又將北靜王所贈鶺鴒香串珍重取出來，轉贈黛玉。黛玉說：『什麼臭男人拿過的！我不要他。』遂擲而不取。寶玉衹得收回，暫且無話。略一點黛玉情性，趕忙收住，正留爲後文地步。

且說賈璉自回家參見過衆人，回至房中。正值鳳姐近日多事之時，無片刻閑暇之工，補阿鳳二句最不可少。見賈璉遠路歸來，少不得撥冗接待，庚側：寫得尖利刻薄。房内并無外人，便笑道：『國舅老爺大喜！國舅老爺一路風塵辛苦。庚側：嬌音如（原作好）聞，俏態如見。少年好夫妻有是事。小的聽見昨日的頭起（四）報馬來，說今日大駕歸府，略預備了一杯水酒撣塵，庚側：却是爲下文作引。不知賜光謬領否？』賈璉笑道：『豈敢豈敢，多承多承。』庚側：一言答不上。蠢才，蠢才！一面平兒與衆丫鬟參拜畢，獻茶。賈璉遂問別後家中的諸事，又謝鳳姐的操持勞碌。鳳姐道：『我那裏照管得這些事！見識又淺，口角又笨，心腸又直率，庚眉：此等文字，作者盡力寫來，是欲諸公認得阿鳳，好看以後之書，勿作等閑看過。◎甲眉：此等文字，作者盡力寫來，欲諸公認識阿鳳，好看後文，勿爲泛泛看過。人家給個棒槌，我就認作「針」。臉又軟，擱不住人給兩句好話，心裏就慈悲了。況且又沒經歷過大事，膽子又小，太太略有些不自在，就嚇的我連覺也睡不着了。我苦辭了幾回，太太又不容辭，倒反說我圖受用，不肯習學了。殊不知我是捻着一把汗兒呢。一句也不敢多說，一步也不敢多走。你是知道的，咱們家所有的這些管家奶奶們，那一位是好纏的？（獨這一句却不假。）錯一點兒，他們就笑話打趣；偏一點兒，他們就指桑說槐的抱怨。「坐山觀虎鬥」，「借劍殺人」，「引風吹火」，「站幹岸兒」，「推倒油瓶不扶」，都是全挂子的武藝。況且我年輕，頭等不壓衆，怨不得不放我在眼裏。更可笑（庚側：三字是得意口氣。）那府裏忽然蓉兒媳婦死了〔五〕，珍大哥又再三再四的在太太跟前跪着討情，祇要請我幫他幾日。我是再四推辭，太太斷不依，祇得從命。依舊被我鬧了個馬仰人翻，（庚側：得意之至口氣。）更不成個體統，至今珍大哥哥還抱怨後悔呢。你這一來了，明兒你見了他，好歹描補描補，（庚側：阿鳳之弄璉兒如弄小兒。可怕，可畏！若生于小户，落在貧家，璉兒死矣！）就說我年紀小，原沒見過世面，誰叫大爺錯委他的。』

正說着，（又用斷法方妙。蓋此等文斷不可無，亦不可太多。）祇聽外間有人說話，鳳姐便問：『是誰？』平兒進來回道：『姨太太打發香菱妹子來，問我一句話，我已經說了，打發他回去了。』賈璉笑道：『正是呢，方才我見姨媽去，不防和一個年輕的小媳婦子撞了個對面，生的好齊整模樣。（庚側：酒色之徒！）我疑惑咱家并無此人，說話時因問姨媽，誰知就是上京來買的那小丫頭，名叫香菱的，竟與薛大傻子作了房裏人，開了臉，越發出挑〔六〕的標致了。那大傻子真玷辱了他。』垂涎如見，試問兄寧有不玷平兒者乎！鳳姐道：『哎！庚側：如聞。往蘇杭走了一趟回來，也該見些世面了，這『世面』二字，單指女色也。還是這麼眼饞肚飽的。你若愛他，不值什麼，我去拿平兒換了他來如何？甲眉：用平兒口頭謊言，寫補菱卿一項實事，并無一絲痕迹，而（原多有）作者有多少機括。◎奇談，是阿鳳口中方有此等語句。那薛老大又一樣稱呼，各得神理。也是「吃着碗裏看着鍋裏」，這一年來的光景，他為要香菱不能到手，補前文之未到，且并將香菱身份寫出來矣。和姨媽打了多少饑荒。也因姨媽看着香菱模樣兒好還是末則，其為人行事，卻又比別的女孩子不同，溫柔安靜，差不多的主子姑娘也跟他不上呢，何曾不是主子姑娘？蓋卿不知來歷也。作者必用阿鳳一贊，方知蓮卿尊重不虛。故此擺酒請客的費事，明堂正道的與他作親。過了半月，也看得馬棚風一般了。說到這裏，可惜了的。』一段納寵之文，偏于阿鳳口中補出，奸（原作尖）猾幻妙之至。一語未了，二門小廝傳報：『老爺在大書房等二爺呢。』賈璉聽了，忙忙整衣出去。

這裏鳳姐乃問平兒：『方才姨媽有什麼事，巴巴的打發了香菱來？』必有此一問。平兒笑道：『那裏來的香菱，是我借他暫撒個謊。甲側：卿何嘗謊言？的是補菱姐正文。奶奶說說，旺兒嫂子越發連個承算也沒了。』辰：此處系平兒搗鬼。說着，又至鳳姐身邊，悄悄的說道：庚側：如聞如見。『奶奶的那利錢銀子，遲不送來，早不送來，這會子二爺在家，他且送這個來了。甲側：總是補遺。幸虧我在堂屋裏撞見，不然時，走了來回奶奶，二爺倘或問奶奶是什麼利錢，奶奶自然不肯瞞二爺的，（庚側：可兒，可兒！鳳姐竟被他哄了。◎甲側：平兒欺看（原作看欺）書人了。）少不得照實告訴二爺。我們二爺那脾氣，油鍋裏的錢還要找出來花呢，聽見奶奶有了這個體己，他還不放心的花了呢。所以我趕着接了過來，叫我說了他兩句，誰知奶奶偏聽見了問，我就撒謊說香菱了。』（一段平兒見識作用，不枉阿鳳平日刮目，又伏下多少後文，補盡前文未到。）鳳姐聽了笑道：『我說呢，姨媽知道你二爺來了，忽喇巴的反打發個房裏人來了？原來你這蹄子調鬼。』（庚側：疼極反罵。）

說話時，賈璉已進來，鳳姐便命擺上酒饌來，夫妻對坐。鳳姐雖善飲，卻不敢任興，（百忙中又點出大家規範，所謂無不周詳，無不貼切。）祇陪侍着賈璉對飲。賈璉的乳母趙嬤嬤走來，賈璉、鳳姐忙讓吃酒，令其上炕去。趙嬤嬤執意不肯。平兒等早于炕沿下設下一杌，又有一小腳踏，趙嬤嬤在腳踏上坐了。賈璉向桌上揀兩盤肴饌與他放在杌上自吃。鳳姐又道：『媽媽很嚼不動那個，倒沒的矼了他的牙。』（庚側：何處着想？却是自然有的。）因向平兒道：『早起我說那一碗火腿炖肘子很爛，正好給媽媽吃，你怎麼不拿了去？趕着叫他們熱來！』又道：『媽媽，你嘗一嘗你兒子帶來的惠泉酒。』（庚側：補點不到之文。像極！）趙嬤嬤道：『我喝呢。奶奶也喝一鐘，怕什麼？祇不要過多了就是了。（寶玉之李嬤嬤，此處偏又寫趙嬤嬤，特犯不犯。先有梨香院一回，兩兩遙對，却無一筆相重，一事合掌。）我這會子跑了來，倒也不為飲酒，倒有一件正經事，奶奶好歹記在心裏，疼顧我些罷。我們這爺，祇是嘴裏說的好，到了跟前就忘了。幸虧我從小兒奶了你這麼大。我也老了，有的是那兩個兒子，你就另眼照看他們些，別人也不敢呲〔七〕牙兒的。庚側：爲薔、蓉作引。我還再四的求了你幾遍，你答應的倒好，到如今還是燥屎。庚側：有是乎？這如今又從天上跑出這一件大喜事來，那裏用不着人？所以倒是來和奶奶來說是正經，靠着我們爺，祇怕我還餓死了呢。』

鳳姐笑道：『嬤嬤你放心，兩個奶哥哥都交給我。你從小兒奶的兒子，你還有什麼不知他那脾氣的？拿着皮肉，倒往那不相幹的外人身上貼。可是現放着奶哥哥，那一個不比人強？你疼顧照管他們，誰敢說個「不」字兒？庚側：會送情。沒的白便宜了外人。——我這話也說錯了。我們看着是「外人」，你卻是看着「內人」一樣呢。』說的滿屋裏人都笑了。庚側：可兒，可兒！趙嬤嬤笑個不住，又念佛道：『可是屋子裏跑出青天來了。若說「內人」「外人」這些混帳原故，我們是沒有，庚側：有是語。像極，逼（原作畢）肖！乳母護子。◎甲側：千真萬真是沒有。一笑。不過是臉軟心慈，擱不住人求兩句罷了。』鳳姐笑道：『可不是呢，有「內人」的他才慈軟呢，他在咱們娘兒們跟前才是剛硬呢！』趙嬤嬤笑道：『奶奶說的太盡情了，我也樂了，再吃一杯好酒。從此我們奶奶作了主，我就沒的愁了。』

賈璉此時沒好意思，祇是趣笑吃酒，說『胡說』二字：『快盛飯來，吃碗子，還要往珍大爺那邊去商議事呢。』鳳姐道：『可是別誤了正事。才剛老爺叫你做什麼？』一段趙嫗討情閑文，卻引出通部脈絡。所謂由小及大，譬如登高必自卑之意。細思大觀園一事，若從如何奉旨起造，又如何分派衆人，從頭細細直寫將來，幾千樣細事，如何能順筆一氣寫清？又將落于死板拮據之鄉，故祇用璉、鳳夫妻二人一問一答，上用趙嫗討情作引，下用蓉、薔來說事作收，餘者隨筆順寫，略一點染，則躍然洞徹矣。此是避難法。

賈璉道：『就為省親。』二字醒眼之極。却祇如此寫來。鳳姐忙問道：『忙』字要緊，特于鳳姐口中出此字，可知事關巨要，非同淺細，是此書中正眼矣。『省親的事竟準了不成？』問得珍重，可知是外方人意外之事也。賈璉笑道：『雖不十分準，也有八分準了。』如此故頓一筆，更妙！見得事關重大，非一語可了者，亦是大篇文章抑揚頓挫之至。鳳姐笑道：『可見當今隆恩。歷來聽書看戲，古時從來未有的。』于閨閣中作此語，直與擊壤同聲者也。趙嬤嬤又接口道：『可是呢，我也老糊塗了。我聽見上上下下吵嚷了這些日子，什麼省親不省親，我也不理論他。如今又說省親，到底是怎麼個原故？』庚眉：自政老生日，用降旨截住；賈母等進朝如此熱鬧，用秦業死岔開；祇寫幾個『如何』，將潑天喜事交代完了；緊接黛玉回，璉、鳳閑話，以老嫗勾出省親事來。其千頭萬緒，合榫（原作笋）貫連，無一毫痕迹，如此等，是書多多，不能枚舉。想兄在青埂（原作硬）峰上，經煅煉後，參透重關至恒河沙數。如否？余曰：萬不能有此機括，有此筆力！恨不得面問：『果否？』嘆嘆！丁亥春，畸笏叟。◎甲眉：趙嫗一問，是文章家進一步門庭法則。◎補近日之事，啓下回之大觀園一篇大文，千頭萬緒，從何處寫起，今故用賈璉夫妻問答之間，閑閑叙出，觀者已又醒大半。後再用蓉、薔二人重一渲染，便省却多少贅瘤筆墨。此是避難法。賈璉道：『如今當今體貼萬人之心，世上至大莫如「孝」字，想來父母兒女之性，皆是一理，不是貴賤上分別的。當今自為日夜侍奉太上皇、皇太後，尚不能略盡孝意，因見宮裏嬪、妃、才人等，皆是入宮多年，抛離父母音容，豈有不思想之理？在兒女思想父母，是分所當然。父母在家，若祇管思念兒女，竟不能見，倘因此成疾致病，甚至死亡，皆由朕躬禁錮，不能使其遂天倫之願，亦大傷天和之事。故啟奏上皇、太後，每月逢二六日期，準其椒房眷屬入宮請候看視。于是太上皇、皇太後大喜，深贊當今至孝純仁，體天格物。因此二位老聖人又下旨意，說椒房眷屬入宮，未免有國體儀制，母女尚不能愜懷。竟大開方便之恩，特降諭旨：椒房貴戚，除二六日入宮之恩外，凡有重宇別院之家，可以駐蹕關防之處，不妨啟請內廷鑾輿幸其私第，庶可略盡骨肉之情、天倫之性。此旨一下，誰不踴躍感戴？現今周貴人的父親已在家裏動了工了，修蓋省親別院呢。又有吳貴妃的父親吳天佑家，也往城外踏看地方去了。又一樣布置。這豈不有八九分了？』

趙嬤嬤道：『阿彌陀佛！原來如此。這樣說，咱們家也要預備接咱們大小姐了？』庚側：文忠公之嬤。賈璉道：『這何用說呢！不然，這會子忙的是什麼？』一段閑談補明多少文章，真是費長房壺中天地也。鳳姐笑道：『若果如此，我可也見個大世面了。可恨我小幾歲年紀，若早生二三十年，如今這些老人家也不駁我沒見世面了。忽接入此句，不知何意，似屬無味。說起當年太祖皇帝仿舜巡的故事，比一部書還熱鬧，庚側：既知舜巡，而又說熱鬧。此婦人女子口頭也。我偏沒造化趕上。』庚側：不用忙，往後看。老趙嬤嬤道：『哎喲喲，那可是千載希逢的！那時候我才記事兒，咱們賈府正在姑蘇、揚州一帶監造海舫，修理海塘，祇預備接駕一次，庚側：又要瞞人。把銀子都花的淌海水似的！說起來……』鳳姐忙接道：甲側：又截得好。◎『忙』字妙！上文『說起來……』必未完，粗心看去則說疑闕，殊不知正傳神處。『我們王府也預備過一次。那時我爺爺單管各國進貢朝賀的事，凡有的外國人來，都是我們家養活。點出阿鳳所有外國奇玩等物。粵、閩、滇、浙所有的洋船貨物都是我們家的。』趙嬤嬤道：『那是誰不知道的？如今還有個口號兒呢，說「東海少了白玉床，龍王來請江南王」，庚側：應前『葫蘆案』。這說的就是奶奶府上了。還有如今現在江南的甄家，甄家正是大關鍵、大節目，勿作泛泛口頭語看。哎喲喲，庚側：口氣如聞。好勢派！獨他家接駕四次，庚側：點正題正文。若不是我們親眼看見，告訴誰誰也不信的。別講銀子成了土泥，庚側：極力一寫，非誇也，可想而知。憑是世上所有的，沒有不是堆山塞海的，「罪過可惜」四個字竟顧不得了。』庚側：真有是事，經過，見過。鳳姐道：『我常聽見我們太爺們也這樣說，豈有不信的。庚側：對證。祇希罕他家怎麼就這麼富貴呢？』趙嬤嬤道：『告訴奶奶一句話，也不過是拿着皇帝家的銀子往皇帝身上使罷了！庚側：是不忘本之言。誰家有那些錢買這個虛熱鬧去？』最要緊語。人若不自知，能作是語者，吾未嘗見。

正說的熱鬧，王夫人又打發人來瞧鳳姐吃了飯不曾。鳳姐便知有事等着，忙忙（八）的吃了半碗飯，漱口要走，庚側：好頓挫！又有二門上小廝們回：『東府裏蓉、薔二位哥兒來了。』賈璉才漱了口，平兒捧着盆盥手，見他二人來了，便問：『什麼話？快說。』鳳姐且止步稍候，聽他二人回些什麼。賈蓉先回說：『我父親打發我來回叔叔：老爺們已經議定了，庚側：簡净之至！從東邊一帶，借着東府裏花園起，轉至北邊，庚側：園基乃一部之主，必當如此寫清。一共丈量準了，三裏半大，可以蓋省親別院了。已經傳人畫圖樣去了，庚側：後一圖伏綫。大觀園系玉（原作王）兒與十二釵之太虛玄境，豈可（原作不）草率（原作索）？

明日就得。叔叔才回家，未免勞乏，不用過我們那邊去，（庚側：應前賈璉口中。）有話明日一早再請過去面議。』賈璉笑着忙說：『多謝大爺費心體諒，我就不過去了。正經是這個主意才省事，蓋的也容易；若采置別處地方去，那更費事，且倒不成體統。你回去說這樣很好，若老爺們再要改時，全仗大爺諫阻，萬不可另尋地方。明日一早，我給大爺去請安去，再議細話罷。』賈蓉忙應幾個『是』。（庚側：園已定矣。）

賈薔又近前回說：『下姑蘇聘請〔九〕教習，采買女孩子，置辦樂器、行頭等事，大爺派了侄兒，帶領着來管家兒子兩個，還有單聘仁、卜固修兩個清客相公，一同前往，（庚側：畫『薔』一回伏綫。凡各物事，工價重大兼伏隱着『情』字者，莫如此件。故園定後，便先寫此一件，餘便不必細寫矣。）所以命我來見叔叔。』賈璉聽了，將賈薔打量了打量，（庚側：有神！）笑道：『你能在這個行麼？（庚側：勾下文。）這個事，雖不算甚大，裏頭大有藏掖的。』（庚側：射利語。可嘆！是親侄。◎甲側：射利人微露心迹。）賈薔笑道：『祇好學習着辦罷了。』

賈蓉在身旁燈影下悄拉鳳姐衣襟，鳳姐會意，因笑道：『你也太操心了，難道大爺比咱們還不會用人？偏你又怕他不在行了。誰都是在行的？孩子們已長的這麼大了，「沒吃過豬肉，也看見過豬跑」。大爺派他去，原不過是個坐纛旗兒，難道認真的叫他去講價錢會經紀去呢？依我說就很好。』賈璉道：『自然是這樣。并不是我駁回，少不得替他籌算籌算。』因問：『這一項銀子動那一處的？』賈薔道：『才也議到這裏。賴爺爺（庚側：好稱呼！◎甲側：此等稱呼，令人酸鼻。）說，不用從京裏帶下去，江南甄家還收着我們五萬銀子。明日寫一封書信、會票，我們帶去，先支三萬，下剩二萬存着，等置辦花燭、彩燈并各色簾櫳、帳幔的使費。』賈璉點頭道：『這個主意好。』（庚眉：《石頭記》中多作心傳神會之文，不必道明。一道明白，便入庸俗之套。）

鳳姐忙向賈薔道：（再不略讓一步，正是阿鳳一生絕斷處。）『既這樣，我有兩個在行妥當人，你就帶他們去辦，這個便宜了你呢。』賈薔忙賠笑說：『正要和嬸嬸討兩個人呢，（寫賈薔乖處如見。）這可巧了。』因問名字。鳳姐便問趙嬤嬤。彼時趙嬤嬤已聽呆了話，平兒忙笑推他，他才醒悟過來，（蒙側：真是强將手下無弱兵。至精至細！）忙說：『一個叫趙天梁，一個叫趙天棟。』鳳姐道：『可別忘了，我可幹我的去了。』（庚眉：從頭至尾細看阿鳳之待蓉、薔，可爲一體一黨，然尚作如此語欺蓉，其待他人可知矣。）說着，便出去了。賈蓉忙送出來，又悄悄向鳳姐道：『嬸子要什麼東西，吩咐我開個帳給薔兄弟帶了去，叫他按帳置辦了來。』鳳姐笑道：『別放你娘的屁！（庚側：有神！）我的東西還沒處撂呢，（庚側：像極！的是阿鳳。）希罕你們鬼鬼祟祟的？』說着一徑去了。（阿鳳欺人處如此。忽又寫到利弊，真令人一嘆也！）

這裏賈薔也悄問賈璉：『要什麼東西？順便置來孝敬。』賈璉笑道：『你別興頭。才學着辦事，倒先學會了這把戲。我短了什麼，少不得寫信來告訴你，（庚側：又作此語，不犯阿鳳。）且不要論到這裏。』說畢，打發他二人去了。接着回事人來，不止三四次，賈璉害乏，便傳與二門上，一應不許傳報，俱等明日料理。鳳姐至三更時分方下來安歇，庚側：好文章！一句內隱兩處若許事情。一宿無話。

次早賈璉起來，見過賈赦、賈政，便往寧府中來，合同老管事的人等，并幾位世交門下清客相公，審察兩府地方，繕畫省親殿宇，一面察度辦理人丁。自此後，各行匠役齊集蒙側：一總。金、銀、銅、錫以及土、木、磚、瓦之物，搬運移送不歇。先令匠人拆寧府會芳園牆垣樓門，直接入榮府東大院中。榮府東邊所有下人一帶群房盡已拆去。當日寧、榮兩宅，雖有一小巷界斷不通，然這小巷亦系私地，庚側：補明，使觀者如身臨足到。并非官道，故可以連屬。會芳園本是從北拐角牆下引來一股活水，今亦無煩再引。庚側：園中諸景，最要緊是水，亦必寫明方妙。余最鄙近之修造園亭者，徒以頑石土堆爲佳，不知（原無）引泉一道。甚至丹青，惟知亂作山石樹木，不知畫泉之法，亦是恨事。□□脂硯齋。其山石、樹木雖不敷用，東邊住的乃是榮府舊園，其中竹樹、山石以及亭榭、欄杆等物，皆可挪就前來。如此兩處又甚近，湊來一處，省得許多財力，縱有不敷，所添亦有限。全虧一個老明公號山子野者，妙號，隨事生名。一一籌劃起造。

賈政不慣于俗務，庚側：這也少不得的一節文字，省下筆來好作別樣。祇憑賈赦、賈珍、賈璉、賴大、來升、林之孝、吴新登、詹光、程日興等些人安插擺布。凡堆山鑿池，起樓豎閣，種竹栽花，一應點景等事，又有山子野制度。下朝閑暇，不過各處看望看望，最要緊處和賈赦等商議便罷了。賈赦衹在家高卧，有芥豆之事，賈珍等或自去回明，或寫略節；或有話説，便傳呼賈璉、賴大等領命。賈蓉單管打造金銀器皿。（蒙側：好差。）賈薔已起身往姑蘇去了。賈珍、賴大等又點人丁，開册籍，監工等事，一筆不能寫到，不過是喧闐熱鬧非常而已。暫且無話。

且説寶玉近因家中有這等大事，賈政不來問他的書，（庚側：一筆不漏。）心中是件暢事；無奈秦鐘之病日重一日，也着實懸心，不能樂業。（『天下本無事，庸人自擾之。』世上人個個如此，又非此秦鐘意切。）

（庚眉：偏于熱鬧處寫出大不得意之文，却無絲毫牽强，且有許多令人笑不了，哭不了，嘆不了，悔不了，惟以大白酬我作者。□□壬午季春，畸笏。）

這日一早起來才梳洗完畢，意欲回了賈母去望候秦鐘，忽見茗烟在二門前照壁間探頭縮腦，寶玉忙出來問他：『做什麼？』茗烟道：『秦相公不中用了！』（從茗烟口中寫出，省却多少閑文。）寶玉聽説，嚇了一跳，忙問道：『我昨兒才瞧了他來，（庚側：點常去。）還明明白白，怎麼就不中用了？』茗烟道：『我也不知道，才剛是他家的老頭子來，特告訴我的。』寶玉聽了，忙轉身回明賈母。賈母吩咐：『好生派妥當人跟去，到那裏盡一盡同窗之情就回來，不許多耽擱了。』寶玉聽了，忙忙的更衣出來，車猶未備，（頓一筆方不板。）急的滿地亂轉。一時催促的車到，忙上了車，李貴〔十〕、茗烟等跟隨。來至秦鐘門首，悄無一人，（目睹蕭條景况。）遂蜂擁至他内室，唬的秦鐘的兩個遠房嬸母、幾個弟兄都藏之不迭。（妙！這嬸母、弟兄是特來等分絶户家私的，不表可知。）

此時秦鐘已發過兩三次昏了，移床易簀多時矣。餘亦欲泣。寶玉一見，便不禁失聲。李貴〔十二〕忙勸道：『不可，不可！秦相公是弱癥，未免炕上挺矼的骨頭不受用，庚側：李貴亦能道此等語。所以暫且挪下床鬆散些。哥兒如此，豈不反添了他的病？』寶玉聽了，方忍住，近前見秦鐘面如白蠟，合目呼吸于枕上。寶玉忙叫道：『鯨兄！寶玉來了。』連叫兩三聲，秦鐘不睬。寶玉又道：『寶玉來了。』

那秦鐘早已魂魄離身，祇剩得一口悠悠的餘氣在胸，正見許多鬼判持牌提索來捉他。庚眉：《石頭記》一部中皆是近情近理必有之事，必有之言。又如此等荒唐不經之談，間亦有之，是作者故意游戲之筆耶？以破色取笑，非如別書認真說鬼話也。◎看至此一句令人失望，再看至後面數語，方知作者故意借世俗愚談愚論設譬，喝醒天下迷人，反成千古未見之奇文奇筆。那秦鐘魂魄那裏肯就去，又記念着家中無人掌管家務，扯淡之極，令人發一大笑。余請諸公莫笑，且請再思。又記挂着父母還有留積下的三四千兩銀子，更屬可笑，更可痛哭。又記挂着智能尚無下落，忽從死人心中補出活人原由，更奇更奇。因此百般求告鬼判。無奈這些鬼判都不肯徇私，反叱咤秦鐘道：『虧你還是讀過書的人，豈不知俗語說的：「閻王叫你三更死，誰敢留人到五更。」庚側：可想鬼不讀書，信已哉！我們陰間上下都是鐵面無私的，不比你們陽間瞻情顧意，庚側：寫殺了。有許多的關礙處。』

正鬧着，那秦鐘魂魄忽聽見『寶玉來了』四字，便忙又央求道：『列位神差，略發慈悲，讓我回去，和這一個好朋友說一句話就來的。』衆鬼道：『又是什麼好朋友？』秦鐘道：『不瞞列位，就是榮國公孫子，小名寶玉的。』都判官聽了，先就唬慌起來，忙喝罵鬼使道：『我說你們放了他回去走走罷，你們斷不依我的話，如今祇等他請出個運旺時盛的人來才罷。』如聞其聲。試問誰曾見都判來，觀此則又見一都判跳出來。調侃世情固深，然游戲筆墨一至于此，真可壓倒古今小說。這才算是小說。衆鬼見都判如此，也都忙了手腳，一面又抱怨道：『你老人家先是那等雷霆電雹，原來見不得「寶玉」二字。庚眉：世人見『寶玉』而不動心者爲誰？◎調侃『寶玉』二字，妙極！確極！◎辰：大可發笑。依我們愚見，他是陽，我們是陰，怕他們也無益于我們。』神鬼也講有益無益。都判道：『放屁！俗語說的好，「天下官管天下民」，自古人鬼之道卻是一般（十二），陰陽并無二理。更妙！愈不通愈妙，愈錯會意愈奇。卻懂竅。別管他陰，也別管他陽，沒有錯了的。』庚側：名曰『搗鬼』。衆鬼聽說，祇得將他魂放回。『哼』了一聲，微開雙目，見寶玉在側，乃勉強嘆道：『怎麼不早來？再遲一步，也不能見了。』庚側：千言萬語祇此一句。◎庚眉：觀者至此，必料秦鐘另有异樣奇語，然却祇以此二語爲囑。試思：若不如此爲囑，不但不近人情，亦且太露穿鑿。讀此則知全是悔遲之恨。寶玉攜手垂泪道：『有什麼話，留下兩句。』祇此句便足矣。秦鐘道：『并無別話。以前你我見識，自為高過世人，我今日才知自誤了。誰不悔遲！以後還該立志功名，以榮耀顯達為是。』庚側：此刻無此二語，亦非玉兄之知己。說畢，便長嘆一聲，蕭然長逝了。下回分解。若是細述一番，則不成《石頭記》之文矣！

總評

大凡有勢者，未嘗有意欺人。奈群小蜂起，浸潤左右，伏首下氣，奴顔婢膝，或激或順，不計事之可否，以要一時之利。有勢者自任豪爽，抖（原作鬥）露才華，未審利害，高下其手，偶有成就，一試再試，習以爲常，則物理人情皆所不論。又財貨豐餘，衣食無憂，則所樂者必曠世所無。要其必獲，一笑百萬，是所不惜。其不知排場已立，收斂實難，從此勉强，至成蹇窘。時衰運敗，百計顛翻。昔年豪爽，今朝指背。此千古英雄同一慨嘆者·大抵作者發大慈大悲願，欲諸公開巨眼，得見毫微，塞本窮源，以成無礙極樂之至意也。

校記

〔一〕原文無『太』字，按蒙府本補。

〔二〕原文無『也』字，按蒙府本補。

〔三〕原文無『氣』字，按庚辰本補。

〔四〕原文無『起』字，按庚辰本補。

〔五〕原文無『了』字，按蒙府本補。

〔六〕此處的『挑』字，原文爲『跳』，據庚辰本改。

〔七〕此處的『吡』字，原文爲『嘴』，據蒙府本改。

〔八〕此處的『忙忙』，原文爲『忙』，據蒙府本改。

〔九〕此處的『聘請』，原文爲『合聘』，據庚辰本改。

〔十〕〔十一〕此處的『貴』字，原文爲『景』，據蒙府本改。

〔十二〕原文無『自古人鬼却是一般』一句，按庚辰本補。

第十七回 大觀園試才題對額 怡紅院迷路探曲折〔一〕

【回前】寶玉系諸艷之冠，故大觀園對額必得玉兄題跋，且暫題燈匾聯上，再請賜題，此千妥萬當之章法。

豪華雖足羨，離別却難堪。博得虛名在，誰人識苦甘？好詩，全是諷刺。近之諺云：『又要馬兒跑，又要馬兒不吃草』，真寫盡無厭貪痴之輩。

話說秦鐘既死，寶玉痛哭不已，李貴等好容易勸解半日方住，歸時猶是凄惻哀痛。賈母幫了幾十兩銀子，外又另備奠儀，寶玉去吊紙。七日後便送殯掩埋了，別無述記。祇有寶玉日日思慕感悼，然亦無可如何了。每于此等文後便用此語作結，是板定大章法，亦是此書大旨。

又不知歷幾何時，庚側：慣用此等章法。◎年表如此寫，亦妙！這日賈珍等來回賈政：『園內工程俱已告竣，大老爺瞧了，祇等老爺瞧了〔二〕，或有不妥之處，再行改造，好題匾額對聯的。』賈政聽了，沉思一回，說道：『這匾額對聯倒是一件難事。論理該請貴妃賜題才是，然貴妃若不親睹其景，大約亦必不肯妄擬；若直待貴妃游幸過再請題，偌大景致，若幹亭榭，無字標題，也覺寥落無趣，任有花柳山水，斷不能生色。』衆清客在旁笑答道：『老世翁所見極是。如今我們有個愚見：各處匾額對聯斷不可少，亦斷不可定名。如今且按其景致，或兩字、三字、四字，虛合其意，擬了出來，暫且做燈、匾、聯懸了。待貴妃游幸時，再請定名，豈不兩全？』賈政等聽了，都道：『所見不差。我們今日且看看去，祇管題了，若妥當，便用；不妥時，然後將雨村請來，令他再擬。』（點雨村，照應前文。）衆人笑道：『老爺今日一擬定佳，何必又待雨村。』賈政笑道：『你們不知，我自幼于花鳥山水題咏上就平平；（庚側：是紗帽頭口氣。）如今上了年紀，且案牘勞煩，于這怡情悅性文章上更生疏了。縱擬了出來，不免迂腐古板，反不能使花柳園亭生色，如不妥協，反沒意思。』（庚眉：政老『情』字如此寫。□□壬午季春，畸笏。）衆清客笑道：『這也無妨。我們大家看了公擬，各舉其長，優則存之，劣則刪之，未為不可。』賈政道：『此論極是。且喜今日天氣和暖，大家去逛逛。』（音光字，去聲，出《諧聲字箋》。）說着起身，引衆人前往。

賈珍先去園中知會衆人。可巧近日寶玉因思念秦鐘，憂戚不盡，賈母常命人帶他到園中來戲耍。（庚側：現成榫（原作笋）楔，一絲不費力。若特喚出寶（原作保）玉來，則成何文字？）此時亦才進去，忽見賈珍走來，向他笑道：『你還不出去，老爺一會就來了。』寶玉聽了，帶着奶娘、小廝們，一溜烟就出園來。庚側：不肖子弟來看形容。余初看之，不覺怒焉。蓋謂作者形容余幼年往事。因思：彼亦自寫其照，何獨余哉？信筆書之，供諸大衆同發一（原作一發）笑。方轉過彎，頂頭賈政引衆客來了，躲之不及，衹得一邊站了。賈政近因聞得塾掌說寶玉專能對對聯，雖不喜讀書，偏倒有些歪才情似的，蒙側：如此順筆間寫來，然却是寶玉正傳。今日偶然撞見這機會，便命他跟來。如此偶然方妙，若特特喚來題額，真不成文矣。寶玉衹得隨往，尚不知何意。

賈政剛至園門前，衹見賈珍帶領許多執事人來，一旁侍立。賈政道：『你且把園門都關上，我們先瞧了外面再進去。』庚側：是行家看法。賈珍聽說，命人將門關了。賈政先秉正看門。衹見正門五間，上面桶瓦泥鰍脊；那門欄窗槅，皆是細雕新鮮花樣，并無朱粉塗飾；一色水磨群牆，門雅，牆雅，不落俗套。下面白石臺磯，鑿成西番草花樣。左右一望，皆雪白粉牆，下面虎皮石，隨勢砌去，果然不落富麗俗套，自是歡喜。遂命開門，衹見迎面一帶翠嶂擋在前面。掩映的好。衆清客都道：『好山，好山！』賈政道：『非此一山，一進來園中所有之景悉入目中，則有何趣。』衆人道：『極是。非胸中大有丘壑，焉想及此。』說畢，往前一望，見白石崚嶒，乍入其中，一時難辨方向，用前、後、這邊、那邊等字，正是不辨東西。或如鬼怪，或如猛獸，縱橫拱立，上面苔蘚成斑，藤蘿掩映，曾用兩處舊有之園所改，故如此寫方可，細極！其中微露羊腸小徑。好景界，山子野精于此技。此是小徑，非行車輦通道，今賈政原欲游覽其景，故將此等處寫之。想其通路大道，自是堂堂冠冕氣象，毋（原爲無）庸細寫者也。後于省親之時，已得知矣。賈政道：『我們就從此小徑游去，回來，那一邊出去，方可遍覽。』

說畢，命賈珍在〔三〕前引導，自己扶了寶玉，逶迤進入山口。（庚側：寶玉此刻已料定吉多凶少。◎此回乃一部之綱緒，不得不細寫，尤不可不細批注。蓋後文十二釵書，出入來往之境；方不能錯落，觀者亦如身臨足到矣。今賈政雖進的是正門，却行的是僻路。按此一大園，羊腸鳥道不止幾百十條，穿東度西，臨山過水，萬勿以今日賈政所行之徑，考其方向基址。故正殿反于末路寫之，足見未由大道而往，乃逶迤轉折而經也。）抬頭忽見山上有鏡面白石一塊，（庚側：新奇！）正是迎面留題處。（留題處便精，不必限定鑿金鏤銀一色惡俗，賴及棗梨之力。）賈政回頭笑道：『諸公請看！此處題以何名方妙？』衆人聽說，也有說該題『疊翠』二字，也有說該題『錦幛』的，又有說『賽香爐』的，又有說『小終南』的，種種名色，不止〔四〕幾十個。原來衆客心中早知賈政要試寶玉的功業進益如何，衹將些俗套來敷衍。寶玉亦料定此意。（補明好。）賈政聽了，便回頭命寶玉擬來。寶玉道：『嘗聞古人有雲：「編新不如述舊，刻古終勝雕今〔五〕。」（未聞古人說此兩句，却又似有者。）况此處并非主山正景，原無可題之處，不過是探景一進步耳。（此論確是。）莫若直書「曲徑通幽處」這句舊詩在上，倒還大方氣派。』衆人聽了，都贊道：『是極！二世兄天分高，才情遠，不似我們讀腐了書的。』賈政笑道：『過贊了。他年小，不過以一知充十用，取笑罷了。再俟選擬。』

說着，進入石洞來。衹見佳木蘢葱，奇花閃灼，一帶清流，從花木深處曲折瀉于石隙之下。（這水是人力引來做的。）再進數步，漸向北邊，細極。後文所以雲進賈母卧房後之角門，是諸釵日相來往之境也。後文又雲，諸釵所居之處，祇在西北一帶，最近賈母卧室之後，皆從此『北』字而來。平坦寬豁，兩邊飛樓插空，雕甍綉檻，皆隱于山坳樹杪之間。俯而視之，則清流瀉雪，石蹬穿雲，前已寫山至寬處，此則由低處至高處，各景皆遍。白石為欄，環抱池沼，石橋跨港〔六〕，獸面銜吐。橋上有亭。前已寫山寫石，今則寫池寫樓，各景皆遍。賈政與諸人上了亭子，倚欄坐了，此亭大抵四通八達，爲諸小徑之咽喉要路。因問：『諸公以何題此？』諸人都道：『當日歐陽公《醉翁亭記》有雲：「有亭翼然」，頗好。』賈政笑道：『「翼然」雖佳，但此亭壓水而成，還須偏于水題方稱。依我拙裁，歐陽公之「瀉出于兩峰之間」，竟用他這一個「瀉」字。』有一客道：『是極，是極。竟是「瀉玉」二字妙。』賈政拈髯尋思，因抬頭見寶玉侍側，便笑命他也擬一個來。寶玉聽說，連忙回道：『老爺方才所議已是。但是如今追究了去，似乎當日歐陽公題釀泉用一「瀉」字則妥，今日此泉若亦用「瀉」字，則覺不妥。況此處雖省親駐蹕別墅，亦當入于應制之例，用此等字眼，亦覺粗陋不雅。求再擬較些蘊藉含蓄者。』賈政笑道：『諸公聽此論若何？方才衆人編新，你又說不如述古；如今我們述古，你又說粗陋不妥。你且說你的來我聽。』寶玉道：『有用「瀉玉」二字，莫若「沁芳」庚側：真新雅！二字，果然。豈不新雅？』賈政拈髯點頭不語。庚眉：六字是嚴父大露悅容也。□□壬午春。衆人都忙迎合，贊寶玉才情不凡。賈政道：『匾上二字容易。再作一副七言對聯來。』寶玉聽說，立于亭上，四顧一望，便機上心來，乃念道：

繞堤柳借三篙翠（要緊貼切水字。）隔岸花分一脉香（恰極！工極！綺靡秀媚，香奩正體。）

賈政聽了，點頭微笑。衆人先稱贊不已。

于是出亭過池，一山一石，一花一木，莫不着意觀覽。（渾寫兩句，已見經行處愈遠，更至北一路矣。）忽抬頭看見前面一帶粉垣，裏面數楹精舍，有千〔七〕百竿翠竹遮映。衆人都道：『好個所在！』（庚側：此方可爲顰兒之居。）于是大家進入，祇見入門便是曲折游廊，（不犯抄手游廊。）階下石子漫成甬路。上面小小一二三間房舍，一明兩暗，裏面都是合着地步打就的床幾椅案。從裏間房内又得一小門，出去則是後院，有大株梨花兼着芭蕉。又有兩間小小退步。後院牆下忽開一隙，得泉一脈，開溝僅尺許，灌水入牆内，繞階纏屋至前院，盤旋竹下而出。

賈政笑道：『這一處還罷了。（庚側：一處。）若能月夜坐此窗下讀書，不枉虛生一世。』說畢，看着寶玉，唬的寶玉忙垂了頭。（點一筆。）衆客忙用話開釋，（客不可不有。）又說道：『此處的匾該題四個字。』賈政笑問：『那四字？』一個道是『淇水遺風』。賈政道：『俗。』（餘亦如此。）又一個是『睢園雅迹』。賈政道：『也俗。』賈珍笑道：『還是寶兄弟擬一個來。』（庚眉：又換一章法。□□壬午春。）賈政道：『他未曾作，先就要議論人家好歹，可見就是個輕薄人。』

庚側：知子者莫如父。衆客道：『議論的極是，其奈他何。』賈政忙道：『休如此縱了他。』因命他道：『今日任你狂言亂道，庚眉：于作詩文時，雖政老亦有如此令旨，可知嚴父亦無可奈何也。不學紈袴來看。□□畸笏。先設議論來，然後方許你作。又一格式，不然，不獨死板，且亦大失嚴父素體。方才衆人說的〔八〕，可有使得的？』寶玉見問，答道：『都似不妥。』明知是故意要他盤駁議論，樂得肆行施展。賈政冷笑道：『怎麼不妥？』寶玉道：『這是第一處行幸之處，必須頌聖方可。若用四字的匾，又有古人現成的，何必再作。』賈政道：『難道「淇水」「睢園」不是古人的？』寶玉道：『這太板腐了。莫若「有鳳來儀」四字。』果然，妙在雙關暗合。衆人都哄然叫妙。賈政點頭道：『畜生，畜生，可謂「管窺蠡測」矣。』因命：『再題一聯來。』寶玉便念道：

寶鼎茶閑烟尚綠『尚』字妙極！不必說竹，然恰恰是竹中精舍。　**幽窗棋罷指猶涼**『猶』字妙！『尚綠』『猶涼』四字，便如置身于森森萬竿之中。

賈政搖頭說道：『也未見長。』說畢，引人出來。

方欲走時，忽又想起一事來，己側：不板。因問賈珍道：『這些院落房宇并幾案桌椅，都算有了，庚側：此一頓少不得。還有那些帳幔簾子并陳設玩器古董，可也都是一處處合式配就的？』大篇長文不如此頓，則成何說話？賈珍回道：『那陳設的東西早已添了許多，自然臨期合式陳設。帳幔簾子，昨日聽見璉兄弟說，還不全。原是一起工程之時，就畫了各處的圖樣，量準尺寸，就打發人辦去的。想必昨日得了一半。』補出近日忙冗，千頭萬緒景況。賈政聽了，便知此事不是賈珍的首尾，便命人去喚賈璉趕來。寫出忙冗景況。

一時，賈璉趕來〔九〕。賈政問他共有幾種，現今得了幾種，尚欠幾種。賈璉見問，忙取靴桶内靴掖裝的一個紙折略節來，細極；從頭至尾，誓不作一筆逸安苟且之筆。看了一看，回道：『妝、一字一句。蟒、綉、堆，刻絲、彈墨二字一句。并各色綢綾大小幔子一百二十架，昨日得了八十架，下欠四十架。簾子二百挂，昨日俱得了。外有猩猩氈簾二百挂，金絲藤紅漆竹簾二百挂，墨漆竹簾二百挂，五彩綫絡盤花簾二百挂，每樣得了一半，也不過秋天都全了。椅搭、桌圍、床裙、罩套，每分一千二百件，也有了。』

一面走，一面說，是極。倏爾青山斜阻。『斜』字細，不必拘定方向。諸釵所居之處，若稻香村、瀟湘館、怡紅院、秋爽齋、蘅蕪苑等，都相隔不遠，究竟祇在一隅。然處置得巧妙，使人見其千丘萬壑，恍然不知所窮，所謂會心處不在乎遠。大抵一山一水，一木一石，全在人之穿插布置焉耳。轉過山懷中，隱隱露出一帶黄泥築就矮牆，牆頭皆用稻莖掩護。配得甚好。有幾百株杏花，如噴火蒸霞一般。裏面數楹茅屋，外面卻是桑、榆、槿、柘，各色樹木新條，隨其曲折，編就兩溜青籬。籬外山坡之下，有一土井，旁有桔槔轆轤之屬。下面分畦列畝，佳蔬菜花，漫然無際。閲至此，又笑别部小説中，一萬個花園中，皆是牡丹亭、芍藥圃、雕欄畫棟、瓊樹朱樓，略不見差别。

賈政笑道：『倒是此處有些道理。固然系人力穿鑿，此時一見，未免勾引起我歸農之意。極熱中，偏以冷筆點之，所以爲妙。

我們且進去歇息歇息。』說畢，方欲進籬門去，忽見路旁有一石碣，亦為留題之備。〔庚側：真妙，真新！◎更恰當。若有懸額之處，或再用鏡面石，豈復成文哉？忽想到『石碣』二字，又托出許多郊野氣色來，一肚皮千溪萬壑，衹在這石碣上。〕衆人笑道：『更妙，更妙！此處若懸匾待題，則田舍家風一洗盡矣。立此碣，又覺生色許多，非範石湖田家之咏不足以盡其妙。』〔庚側：贊得是。這個蔑翁有些意思！◎客不可不養。〕賈政道：『諸公請題。』衆人道：『方才世兄有雲，「編新不如述舊」，此處古人已道盡矣，莫若直書「杏花村」妙極。』賈政聽了，笑向賈珍道：『正虧提醒了我。此處都妙極，衹是還少一個酒幌。明日竟作一個，不必華麗，就依外面村莊的式樣作來，用竹竿挑在樹梢。』賈珍答應了，又回道：『此處竟還不可養別的雀鳥，衹是買些鵝鴨雞類，才都稱了。』賈政與衆人都道：『更妙。』賈政又向衆人道：『「杏花村」固佳，衹是犯了正名，村名直待請名〔十〕方可。』衆客都道：『是呀。如今虛的，便是什麼字樣好？』

大家想着，寶玉卻等不得了，〔又換一格，方不板。〕也不等賈政的命，〔忘情有趣。〕便說道：『舊詩有雲：「紅杏梢頭挂酒旗」。如今莫若「杏簾在望」〔妙在一「在」字。〕四字。』衆人都道：『好個「在望」！又暗合「杏花村」意。』寶玉冷笑道：〔忘情最妙。〕『村名若用「杏花」二字，則俗陋不堪了。又有古人詩雲：「柴門臨水稻花香」，何不就用「稻香村」的妙？』衆人聽了，益發哄聲拍手道：『妙！』賈政一聲斷喝：『無知的孽障！〔庚眉：愛之至，喜之至，故作此語。作者至此，寧不

（笑殺？□□壬午春。）你這孩子能知道幾個古人，能記得幾首熟詩，也敢在老先生跟前賣弄！你方才那些胡說的，不過是試你的清濁，取笑而已，你就認真了！』

說着，引人步入苑堂，裏面紙窗木榻，富貴氣象一洗皆盡。賈政心中自是歡喜，卻瞅寶玉道：『此處如何？』衆人見問，都忙悄悄的推寶玉，教他說好。寶玉不聽人言，便應聲道：『不及「有鳳來儀」多矣。』（公然自定名，妙！）賈政聽了道：『無知的蠢物！你衹知朱樓畫棟、惡賴富麗為佳，那裏知道這清幽氣象。終是不讀書之過！』寶玉忙答道：『老爺教訓的固是，但古人常云「天然」二字，不知何意？』

衆人見寶玉牛心(十二)，都怪他呆痴不改。今見問「天然」二字，衆人忙道：『別的都明白，為何連「天然」不知？「天然」者，天之自然而有，非人力之所成也。』寶玉道：『卻又來！此處置一田莊，分明見得人力穿鑿扭捏而成。遠無鄰村，近不負郭，背山山無脈，臨水水無源，高無隱寺之塔，下無通市之橋，峭然孤出，似非大觀。爭似先處有自然之理，得自然之氣，雖種竹引泉，亦不傷于穿鑿。古人云「天然圖畫」四字，正畏非其地而強為地，非其山而強為山，雖百般精而終不相宜……』未及說完，賈政氣的喝命：『出去！』剛出去，又喝命：『回來！』命再題一聯：『若不通，一并打嘴！』（庚眉：所謂『奈何他不得』也。呵呵！□□畸笏。）寶玉衹得念道：

新漲绿添浣葛處（采《詩》頌聖最恰當。）　好雲香護采芹人（采《風》、采《雅》都恰當。然冠冕中不失香奩格調。）

賈政聽了，搖頭說：『更不好。』一面引人出來。

轉過山坡，穿花度柳，撫石依泉，過了荼蘼架，再入木香棚，越牡丹亭，度芍藥圃，入薔薇院，出芭蕉塢，盤旋曲折。（略用套語一束，與前頓破格不板。）忽聞水聲潺湲，瀉出石洞，上則蘿薜倒垂，下則落花浮蕩。（仍是沁芳溪矣，究竟基址不大，全是曲折掩映之巧可知。）衆人都道：『好景，好景！』賈政道：『諸公題以何名？』衆人道：『再不必擬了，恰恰乎是「武陵源」三個字。』賈政笑道：『又落實了，而且陳舊。』衆人笑道：『不然就用「秦人舊舍」四字也罷了。』寶玉道：『這越發過露了。「秦人舊舍」說避亂之意，如何使得？莫若「蓼汀花溆」四字。』賈政聽了，更批胡說。

于是要進港洞時，又想起有船無船。賈珍道：『采蓮船共四祇，座船一祇，如今尚未造成。』賈政笑道：『可惜不得入了。』賈珍道：『從上盤道亦可以進去。』說畢，在前導引，大家攀藤撫樹過去。祇見水上落花愈多，其水愈清，溶溶蕩蕩，曲折縈紆。池邊兩行垂柳，雜着桃杏，遮天蔽日，真無一些塵土。忽見柳陰中又露出一條折帶朱欄板橋來，此處才見一朱粉字樣。綠柳紅橋（注：原文即少兩筆），此等點綴亦不可少。後文寫蘆雪廣則曰蜂腰板橋，都施之得宜，非一幅死稿也。度過橋去，諸路可通。補四字，細極！不然，後文寶釵來往，則將日日爬山越嶺矣。記清此處，則知後文寶玉所行常徑，非此處者也。便見一所清涼瓦舍，一色水磨磚牆，清瓦花堵。那大主山所分之脈，兩見大主山，稻香村又雲懷中，不寫主山，而主山處處映帶，連絡不斷可知矣。皆穿牆而過。好想。

賈政道：『此處這所房子，無味的很。』先故頓此一筆，使後文愈覺生色，未揚先抑之法。蓋以釵、顰對峙，有甚難寫者也。因而步入門時，忽迎面突出插天的大玲瓏山石來，四面群繞各式石塊，竟把裏面所有房屋悉皆遮住，而且一株花木皆無。更奇妙！衹見許多异草：或有牽藤的，或有引蔓的，或垂山巔，或穿石隙，甚至垂檐繞柱，縈砌盤階，更妙！或如翠帶飄飄，或如金繩盤屈〔十二〕，或實若丹砂，或花如金桂，味芬氣馥，非花香之可比。前三處皆還在人意之中，此一處則今古書中未見此工程也。連用幾『或』字，從昌黎《南山詩》中學得。賈政不禁笑道：『有趣！前有『無味』二字，及雲『有趣』二字，更覺生色，更覺重大。衹是不大認識。』有的說：『是薜荔藤蘿。』賈政道：『薜荔藤蘿不得如此异香。』寶玉道：『果然不是。這些之中也有薜荔藤蘿。那香的是杜若蘅蕪，那一種大約是茝蘭，這一種大約是清葛，那一種是金簦草，這一種是玉蕗藤，紅的自然是紫蕓，綠的定是青芷。金簦草，見《字匯》。玉蕗，見《楚辭》。『菎蕗雜于廢蒸』，茝、葛、蕓、芷，皆不必注，見者太多。此書中异物太多，有人生之未聞未見者，然實系所有之物，或名差理同者亦有之。想來《離騷》《文選》等書上所有的那些异草，也有叫作霍蒳、薑蕁的，也有叫作紫綸絳組的，還有石帆、水鬆、扶留等樣，左太衝《吴都賦》。又有叫什麼綠荑的，還有什麼丹椒、蘼蕪、風連。以上《蜀都賦》。如今年深歲久，人不能識，皆像形奪名，漸漸的喚差了，也有的。』自實注一筆，妙！未及說完，賈政喝道：『誰問你來！』又一樣止法。唬的寶玉倒退，不敢再說。

賈政因見兩邊俱是抄手游廊，便順着游廊步入。祇見上面五間清廈兒捲棚，四面出廊，綠窗油壁，更比前幾處清雅不同。賈政嘆道：『此軒中煮茶操琴，亦不必再焚名香矣。』前二處，一曰月下讀書，一曰勾起歸農之意，此則操琴煮茶，斷語皆妙。此造已出意外，諸公必有佳作新題以顏其額，方不負此。』衆人笑道：『再莫若「蘭風蕙露」貼切了。』賈政道：『也祇好用這四字。其聯若何？』一人道：『我倒想了一對，大家批削改正。』念道是：

麝蘭芳靄斜陽院　杜若香飄明月洲

衆人道：『妙則妙矣，祇是「斜陽」二字不妥。』那人道：『古人詩雲「蘼蕪滿院泣斜暉」。』衆人道：『頹喪，頹喪。』又一人道：『我也有一聯，諸公評閱評閱。』因念道：

三徑香風飄玉蕙　一庭明月照金蘭此二聯皆不過爲釣寶玉之餌，不必認真批評。

賈政拈髯沉吟，意欲也題一聯。忽抬頭見寶玉在旁不敢啧聲，因喝道：『怎麼你應說話時，又不說了？還要等人請教你不成！』寶玉聽說，便回道：『此處并沒有什麼「蘭麝」「明月」「洲渚」之類，若要這樣着迹說起來，就題二百聯也不能完。』賈政道：『誰按着你的頭，叫你必定說這些字樣呢？』寶玉道：『如此說，匾上則莫如「蘅芷清芬」四字。』對聯則是：

吟成荳蔻詩猶艷　睡足酴醾夢也香 實佳。

賈政笑道：『這是套的「書成蕉葉文猶綠」，不足為奇。』衆客道：『李太白「鳳凰臺」之作，全套「黃鶴樓」，庚側：這一位蔑翁更有意思。祇要套得好。如今細評起來，方才這一聯，竟比「書成蕉葉」猶覺幽嫻活潑。視「書成」之句，竟似套此而來。』賈政笑說：『豈有此理！』

說着，大家出來。行不多遠，則見崇閣巍峨，層樓高起，面面琳宮合抱，迢迢復道縈紆，青松拂檐，玉欄繞砌，金輝獸面，彩煥螭頭。賈政道：『這是正殿了，想來此殿在園之正中，按園不是殿方之基，西北一帶通賈母卧室後，可知西北一帶是多寬出一帶來的，諸釵始便于行也。祇是太富麗了些。』衆人都道：『要如此方是。雖然貴妃崇節尚儉，天性惡繁悅樸，庚側：寫出賈妃身份、天性。然今日之尊，禮儀如此，不為過也。』一面說，一面走，祇見正面正面細。現出一座玉石牌坊來，上面龍蟠螭護，玲瓏鑿就。賈政道：『此處書以何文？』衆人道：『必是「蓬萊仙境」方妙。』賈政搖頭不語。寶玉見了這個所在，心中忽有所動，尋思起來，庚眉：一（原無）路順順逆逆，已成千（原作十）丘萬壑之景，若不有此一段大江截住，直成一盆景矣！作者從何落筆着想！倒像那裏曾見過的一般，卻一時想不起那年月日的事了。仍歸于葫蘆一夢之太虛玄（原作玄，即少一筆）境。賈政又命他作題，寶玉祇顧細思前景，全無心于此了。衆人不知其意，祇當他受了這半日的折磨，精神耗散，才盡詞窮了；再要考難逼迫，着了急，或生出事來，倒不便。遂忙都勸賈政：『罷，罷！明日再題罷了。』賈政心中也怕賈母不放心，一筆不漏。遂冷笑道：『你這畜生，也竟有不能之時了。也罷，限你一日，明日若再不能，我定不饒。這是要緊一處，更要好生作來！』

說着，引人出來，再一觀望，原來自進門起，所行至此，才游了十之五六。總注妙，伏下後文所補等處。若都入此回寫完，不獨太繁，使後文冷落，亦且非《石頭記》之筆。 又值人來回，有雨村處遣人回話。又一緊，故不能終局也。此處漸漸寫雨村親切，正爲後文地步。伏脉千裏，横雲斷嶺法。 賈政笑道：『此數處不能游也。雖如此，到底從那一邊出去，縱不能細觀，也可稍覽。』說着，引客行來，至一大橋前，見水如晶簾一般奔入。原來這橋便是通外河之閘，引泉而入者。寫出水源，要緊之極！近之畫家着意于山，若不講水，又造園者，惟知弄莽憨頑石，壅笨冢，輒謂之景，皆不知水爲先着。此園大概一描，處處未嘗離水，蓋又未寫明水之從何來，今總補出，精細之至。 賈政因問：『此閘何名？』寶玉道：『此乃沁芳泉之正源，就名「沁芳閘」。』究竟祇一脉，賴人力引（原無）導之功。園不易造，景非泛寫也。 賈政道：『胡說，偏不用「沁芳」二字。』此以下皆系文終之餘波，收的方不突。

于是一路行來，或清堂茅舍，或堆石為垣，或編花為牖，或山下得幽尼佛寺，或林中藏女道丹房，或長廊曲洞，或方廈圓亭，賈政皆不及進去。伏下櫳翠庵、蘆雪廣、凸碧山莊、凹晶溪館、暖香塢等諸處，于後文逐段逐段補之，方得雲龍作雨之勢。因說半日腿酸，未嘗歇息，忽又見前面又露出一所院落來了，（庚眉：問（原作詞）卿此居，比大荒山若何？）賈政笑道：『到此可要進去歇息歇息了。』說着，一徑引人繞着碧桃花，（怡紅院如此寫來，用無意之筆，却是極精細文字。）穿過一層竹籬花障編就的月洞門，（未寫其居，先寫其境。）俄見粉牆環護，綠柳周垂。（與萬竿修竹遙映。）賈政與衆人進去，一入門，兩邊都是游廊相接。院中點綴幾塊山石，一邊種着幾本芭蕉；那一邊乃是一棵〔十三〕西府海棠，其勢若傘，絲垂翠縷，葩吐丹砂。衆人贊道：『好花，好花！從來也見過許多海棠，那裏有這樣妙的。』賈政道：『這叫作「女兒棠」，（妙名。）乃是外國之種。俗傳系出「女兒國」中，（庚側：出自政老口中，奇特之至！）雲彼國此種最盛，亦荒唐不經之說罷了。』（庚側：政老應如此語。）衆人笑道：『然雖不經，如何此名傳久了？』寶玉道：『大約騷人咏士，以此花之色紅暈若施脂，輕弱似扶病，（庚眉：十字若海棠有知，必深深謝之。◎體貼的切，故形容的妙。）大近乎閨閣風度，所以以〔十四〕「女兒」命名。想因被世間俗惡聽了，他便以野史纂入為證〔十五〕，以俗傳俗，以訛傳訛，都認真了。』（不獨此花，近之謬傳者不少，不能悉道，祇借此花數語駁盡。）衆人都搖首贊妙。

一面說話，一面都在廊外抱廈下打就的榻上坐了。（至階又至檐，不肯輕易寫過。）賈政因問：『想幾個什麼新鮮字來題此？』一客道：『「蕉鶴」二字最妙。』又一個道：『「崇光泛彩」方妙。』賈政與衆人都道：『好個「崇光泛彩」！』寶玉也道：『妙極！』又嘆：『祇是可惜了。』衆人問：『如何可惜？』寶玉道：『此處蕉、棠兩植，其意暗蓄「紅」「綠」二字在內。若祇說蕉，則棠無着落；若祇說棠，蕉亦無着落。固有蕉無棠不可，有棠無蕉更不可。』賈政道：『依你如何？』寶玉道：『依我題「紅香綠玉」四字，兩全其妙。』賈政搖頭道：『不好，不好！』

說着，引人進入房內。祇見這幾間房內收拾的與別處不同，竟分不出間隔來的。庚側：特爲青埂峰下凄凉與別處不同耳。◎原來四面皆是雕空玲瓏木板，或『流雲百蝠』，或『歲寒三友』，或山水人物，或翎毛花卉，或集新奇稀（原作希）見之法式。錦，或博古，花樣周全之極！然必用下文者，正是作者無聊，撰出新异筆墨，使人眼目一新。所謂集小說之大成，游戲筆墨，雕蟲之技，無所不備，可謂善戲。又供諸人同學一戲，洵爲妙極！或卍畐卐(丰)前金玉篆文是可考正篆，今則從俗花樣，真是醒睡魔。其中詩詞啞迷以及各種風俗學文，一概不必究，祇據此等處便是一絶。各種花樣，皆是名手雕鏤，五彩銷金嵌寶的。至此方見一朱彩之處，亦必如此式方可。可笑近之園亭，行動便以粉油從事。一槅一槅，或有貯書處，或有設鼎處，或安置筆硯處，或供花設瓶、安放盆景處。其槅各式各樣，或天圓地方，或葵花蕉葉，或連環半壁。真是花團錦簇，剔透玲瓏。倏爾五色紗糊就，竟系小窗；倏爾彩綾輕覆，竟系幽戶。精工之極！且滿牆滿壁，皆系隨依古董玩器之形摳成的槽子。諸如琴、劍、懸瓶、懸于壁上之瓶也。桌屏之類，雖懸于壁，卻都是與壁相平的。皆系人意想不到，目所未見之文，若雲擬編虛想出來，焉能如此？一段極清極細，後文鴛鴦瓶、紫瑪瑙碟、西洋酒、金自行船等處，不必細表。衆人都贊：『好精致想頭！難為怎麼想來！』誰不如此贊！

原來賈政等走了進來，未進兩層，便都迷了舊路，左瞧也有門可通，右瞧又有窗暫隔，及到了跟前，又被一架書擋住。回頭再走，又有窗紗明透，門徑可行；及至門前，忽見迎面也進來一群人，都與自己形相一樣，卻是玻璃大鏡相照。及轉過鏡去，庚側：石兄迷否？益發見門子多了。庚側：所謂『頭頭（原作投投）是道』是也。賈珍笑道：『老爺隨我來。從這門出去，便是後院，從後院出去，倒比先近了。』說着，又轉了兩層紗櫥錦槅，果得一門出去，庚側：此方便門也。院中滿架薔薇芬馥〔十六〕。轉過花障，則見清溪前阻。又寫水。衆人咤异：『這股水又是從何而來？』賈珍遥指道：『原從那閘起流至那洞口，從東北山坳裏引到那村莊裏，又開一道岔口，引到西南上，共總流到這裏，仍舊合在一處，庚側：于怡紅總一園之看，是書中大立意。從那牆下出去。』衆人聽了，都道：『神妙之極！』說着，忽見大山阻路。衆人都道：『迷了路了。』賈珍笑道：『隨我來。』仍在前導引，衆人隨他直由山腳邊忽一轉，便是平坦寬闊大路，庚側：衆善歸緣，自然有平坦大道。豁然大門前見。可見前進來是小路徑，此雲忽一轉便是平坦寬闊之正甬路也，細極。衆人都道：『有趣，有趣！庚眉：以上可當《大觀園記》。真搜神奪巧！』于是大家出來。

那寶玉一心衹記挂着裏邊，又不見賈政吩咐，少不得跟到書房。賈政忽想起他來，方喝道：『你還不去？難道還逛不足！庚側：冤哉，冤哉！也不想逛了這半日，老太太必懸挂着。快進去，疼你也白疼了。』如此去法，大家嚴父風範，無家法者不知。寶玉聽說，方退了出來。下回分解。

總評

好將富貴回頭看，總有文章如意難。零落機緣君記去，黃金萬鬥大觀攤。

校記

〔一〕戚序本爲『探深幽』，據『南圖藏本』（『南京圖書館藏《戚蓼生序〈石頭記〉》鈔本』的簡稱）改爲『探曲折』。己卯本與庚辰本第十七回和第十八回是合在一起的，回目爲『大觀園試才題對額，榮國府歸省慶元宵』。但在回前批中寫道：『此回宜分二回方妥。』

〔二〕原文無『祇等老爺瞧了』一句，按甲辰本補。

〔三〕原文無『在』字，按蒙府本補。

〔四〕此處的『不止』二字，原文爲『不知』，據庚辰本改。

〔五〕此處的『雕今』二字，原文爲『調金』，據己卯本改。

〔六〕此處的『石橋跨港』，己卯本、庚辰本原均爲『石橋三港』，但其中『三』字，均被點改爲

『跨』字；蒙府本爲『石橋三港』。

〔七〕原文無『千』字，按庚辰本補。

〔八〕原文無『説的』二字，按夢稿本補。

〔九〕原文無『一時，賈璉趕來』句，據己卯本補。

〔十〕此處的『請名』二字，原文爲『清明』，據蒙府本改。

〔十一〕原文無『牛心』二字，按列藏本補。

〔十二〕此處『盤屈』二字，原文爲『盤窟』，據蒙府本改。

〔十三〕此處『棵』字，原文爲『顆』，校者改。

〔十四〕原文無第二個『以』字，按庚辰本補。

〔十五〕此處『爲誣』二字，蒙府本同此，庚辰本爲『爲證』。

〔十六〕此處『芬馥』二字，原文爲『寶玉』，按庚辰本改。

第十八回　慶元宵賈元春歸省　助情人林黛玉傳詩

【回前】一物珍藏見至情，豪華每向鬧中爭。黛林、寶薛傳佳句，《豪宴》《仙緣》留趣名。爲剪荷包綰兩意，屈從優女結三生。可憐轉眼皆虛話，雲自飄飄月自明。

卻說寶玉來至院外，就有跟賈政的幾個小廝上來攔腰抱住，都說：『今兒虧我們，老爺才喜歡，老太太打發人出來問了幾遍，都虧我們回說喜歡；庚側：下人口氣，逼（原作畢）肖！不然，若老太太叫你進去，就不得展才了。人人都說，你才那些詩比世〔一〕人的都強。今兒得了這樣的彩頭，該賞我們。』寶玉笑道：『每一人一吊錢。』衆人道：『誰沒見那一吊錢！庚側：錢亦有没用處。把這荷包賞了罷。』說着，一個上來解荷包，那一個解扇囊，不容分說，將寶玉所佩之物盡行解去。又道：『好生送上去罷。』一個抱了起來，幾個圍繞，送至賈母二門前。庚側：好收煞！那時賈母已命人看了幾次，衆奶娘丫鬟跟上，見過賈母。知不曾難為着他，心中自是歡喜。

少時襲人倒了茶來，見身邊佩物一件無存，庚側：襲人在玉兄一身無時不照察到。因笑道：『帶的東西又是那起沒臉的東西們解了去了。』林黛玉聽說，走來瞧瞧，果然一件無存，因向寶玉道：『我給的那個荷包也給他們了？你明兒再想我的東西，可不能夠了！』庚側：又起樓閣。說畢，賭氣回房，將前日寶玉所煩他做的那個香袋兒——才做了一半——賭氣拿過來就鉸。寶玉見他生氣，便知不妥，忙趕過來，早剪破了。寶玉已見過這香囊，雖尚未完，卻十分精巧，費了許多工夫。今見無故剪了，卻也可氣。因忙把衣領解了，從裏面（二）紅襖襟上將黛玉所給的那荷包解了下來，遞與黛玉瞧道：『你瞧瞧，這是什麼！我那一回把你的東西給人了？』林黛玉見他如此珍重，帶在裏面，按理論之，則是『天下本無事，庸人自擾之』。若以兒女（原多女子）之情論之，則是必有之事，又系古今小説中不能寫到，談情者亦不能説出，真情痴之至文矣。可知是怕人拿去之意，因此又自悔莽撞，未見皂白，就剪了香袋。情痴之至！若無此悔，便是庸俗小性之女子矣。因此又愧又氣，低頭一言不發。寶玉道：『你也不用剪，我知道你是懶怠給我東西。我連這荷包奉還，何如？』說着，擲向他懷中便走。這却難怪。黛玉見如此，越發氣起來，聲咽氣堵，又汪汪的滾下淚來，怨之極，正是情之極。拿起荷包來又剪。寶玉見他如此，忙回身搶住，笑道：『好妹妹，饒了他罷！』這方是寶玉。黛玉將剪子一摔，拭淚說道：『你不用同我好一陣歹一陣的，要惱，就撂開手。這當了什麼！』說着，賭氣上床，面向裏倒下拭淚。禁不住寶玉上來，『妹妹』長『妹妹』短賠不是。

前面賈母一片聲找寶玉。衆奶娘丫鬟們忙回說：『在林姑娘房裏呢。』賈母聽說道：『好，好，好！讓他姊妹們一處玩玩罷。才他老子拘了他這半天，讓他開心一會子。衹別叫他們拌嘴，不許扭了他。』衆人答應着。黛玉被寶玉纏不過，衹得起來道：『你的意思不叫我安生，我就離了你。』說着往外就走。寶玉笑道：『你到那裏，我跟到那裏。』一面仍拿起荷包來帶上。黛玉伸手搶道：『你說不要了，這會子又帶上，我也替你怪臊〔三〕的！』說着，『嗤』的一聲又笑了。寶玉道：『好妹妹，明兒另替我作個香袋兒罷。』黛玉道：『那也衹瞧我高興罷了。』一面說，一面二人出房，到王夫人上房中去了，一段點過二玉公案，不可少。可巧寶釵亦在那裏。

此時王夫人那邊熱鬧非常。四字特補近日千忙萬冗，多少花團錦簇文字。原來賈薔已從姑蘇采買了十二個女孩子——并聘了教習，以及行頭等事來了。那時薛姨媽另遷于東北上一所幽靜房舍居住，將梨香院早已騰挪出來，另行修理了，就令教習在此教演女戲。又另派家中舊有曾演學過歌唱的女人們——如今皆已皤然老嫗了，又補出當日寧、榮在世之事，所謂此是末世之事也。着他們帶領管理。就令賈薔總理其日用出入銀錢等事，以及諸凡大小所需之物料帳目。靖眉：孫策天下爲三分，衆才一旅；項籍用江東之子弟，人惟八千。遂乃分裂山河，宰割天下。豈有百萬義師，一朝捲甲（原作申），芟夷斬伐，如草木焉？江淮無涯岸之阻，亭壁無藩籬之固。頭會箕斂者，合從締交；鋤耰棘矜者，因利乘便。將非江表王氣，終于三百年乎？是知并吞六合，不免軹（原作幟）道之災；混一車書，無救平陽之禍。嗚呼！山岳崩頹，既履危亡之運；春秋迭代，不免去故之悲。天意人事，可以凄愴（原作滄）傷心者矣！

大族之敗，必不致如此之速，特以子孫不肖，招接匪類，不知創業之艱難。當知『瞬息榮華，暫時歡樂』，無異于『烈火烹油，鮮花着錦』，豈得久乎？戊子孟夏，讀庾（原作虞）子山文集，因將數語系此。後世子孫，其毋慢忽之！

◎補出女戲一段，又伏一案。

又有林之孝來回：『采訪聘買得十個小尼姑、小道姑都有了，連新作的二十分道袍也有了。外有一個帶發修行的，本是蘇州人氏，祖上也是讀書仕宦之家。因生了這位姑娘自小多病，買了許多替身兒〔四〕，皆不中用，促的這位姑娘親自入了空門，方才好了，所以帶發修行，今年才十八歲，法名妙玉。庚眉：妙玉世外人也，故筆筆帶寫，妙極，妥極！□□畸笏。◎前（原作樹）處引十二釵總未的確，皆系漫擬也。至末回『警幻情榜』，方知正、副、再副及三、四（原無）副芳諱。□□壬午季春，畸笏。◎靖眉：前處（原作須）十二釵總未的確，皆是漫擬（原作慢終）也。至末（原作來）回『警幻情（原無）榜』，始知（原作知情）正、副、又副，及（原作乃）三、四副芳諱。□□壬午季春。◎妙卿出現。至此細數十二釵，以賈家四艷再加薛、林二冠有六，添秦可卿有七，熙鳳有八，李紈有九，今又加妙玉，僅得十人矣。後有史湘雲與熙鳳之女巧姐兒者，共十二人。雪芹題曰：『金陵十二釵』，蓋本宗《紅樓夢》十二曲之義。後寶琴、岫烟、李紋、李綺皆陪客也，《紅樓夢》中所謂副十二釵是也。又有又副冊三段詞，乃晴雯、襲人、香菱三人而已，餘未多及，想爲金釧、玉釧、鴛鴦、素雲、平兒等人無疑矣。觀者不待言可知，故不必多費筆墨。如今父母俱已亡故〔五〕，身邊衹有兩個老嬷嬷、一個小丫頭伏侍。文墨也極通，經文也不用學了，模樣兒又極好。因聽見「長安」都中有觀音遺迹并貝葉遺文，去歲隨了師父上來，因此方使妙卿入都。現在西門外牟尼庵住。他師父極精演先天神數，于去冬圓寂了。妙玉本欲扶靈回鄉的，他師父臨寂遺言，說他「衣食起居不宜回鄉，在此靜居，後來自有你的結果」。所以他竟未回。』王夫人不等回完，便說：『既這樣，我們何不接了他來。』林之孝家的回道：『請他，他說：「侯門公府，必以貴勢壓人，我再不去的。」』補出妙卿身份不凡，心性高潔。王夫人笑道：『他既是官宦小姐，自然驕傲些，就下個帖子請他何妨。』林之孝家的答應了出去，命書啟相公寫請帖去請妙玉。次日遣人備車轎去接迎。後話暫且擱過，此時不能表白。補尼道一段，又伏一案。

當下又有人回，工程上等着糊東西的紗綾，請鳳姐去開樓揀紗綾；又有人回，請鳳姐開庫，收金銀器皿。連王夫人并上房丫鬟等衆，皆一時不得閑的。寶釵便說：『咱們別在這裏礙手礙腳，找探丫頭去。』說着，同寶玉、黛玉往迎春等房中來閑玩，無話。

王夫人等日日忙亂，直到十月將盡，幸皆全備：各處監管都清帳目；各處古董文玩，皆已陳設齊備；采辦鳥雀的，自仙鶴、孔雀，以及鹿、兔、鷄、鵝等類，悉已買全，交于園中各處像景飼養；賈薔那邊也演出二十出雜戲來；小尼姑、道姑，也都學念會了幾卷經咒。賈政方略心意寬暢，好極！可見智者居心無一時弛息。又請賈母等進園，色色斟酌，點綴妥當，再無一些遺漏不當之處了。于是賈政方擇日題本。至此方完大觀園工程公案，觀者則為大觀園費盡精神，余則為此（費盡）筆墨，却祇因一個葬花冢。本上之日，奉朱批準奏：次年正月十五上元之日，恩準賈妃省親。賈府領了此恩旨，益發晝夜不閑，年也不曾好生過的。一語帶過，是以『歲首祭宗祠（原作祀）、元宵開家宴』，留在後文細寫。

展眼元宵在邇，自正月初八日，就有太監出來，先看方向：何處更衣，何處燕坐，何處受禮，何處開宴，何處退息。又有巡察地方總理關防太監等，帶了許多小太監出來，各處關防，擋圍幙；指示賈宅人員何處退，何處跪，何處進膳，何處啟事，種種儀注不一。外面又有工部官員并五城兵修道，打掃街道，攆逐閑人。賈赦等督率匠人扎花燈烟火之類，至十四日，俱已停妥。這一夜，上下通不曾睡。

至十五日五鼓，自賈母等有爵者，按品服大妝。園內各處，帳舞蟠龍，簾飛彩鳳，金銀煥彩，珠寶爭輝，是元宵之夕，不寫燈月，而燈光月色滿紙矣。鼎焚百合之香，瓶插長春之蕊，抵一篇燈賦。靜悄無人咳嗽。有此句方足。賈赦等在西街門外，賈母等在榮府大門外。街頭巷口，俱系圍帳幙擋嚴。正等的不耐煩，忽一太監騎大馬而來，有是禮。賈母忙接入，問其消息。太監道：『早多着呢！未初刻用過晚膳，未正二刻還到寶靈宮拜佛，暗貼王夫人，細。酉初刻進大明宮領宴看燈，方請旨，祇怕戌初才起身呢。』鳳姐聽了道：『既這麼着，老太太、太太且請回房，庚側：自然當家人先說話。等是時候再來也不遲。』于是賈母等暫且自便，園中悉賴鳳姐照理。又命各執事人帶領太監們用酒飯。

一時，傳人一擔一擔的挑進蠟燭來，各處點燈。方點完時，忽聽外邊馬跑之聲。[靜極，故聞之，細極！]一時，又十來個太監都喘吁吁跑來拍手兒。[神异！畫出內家風範。《石頭記》最難之處，別書中摸不着。]這些太監會意，都知道，說：『來了，來了』，[庚側：難（原作雅）得他寫（原無）的出，是經過（原作至）之人也。]各按方向站住。賈赦領合族子侄在西街門外，賈母領合族女眷在大門外迎接。半日靜悄悄的。忽見一對紅衣太監騎馬緩緩的走來，[形容畢肖。]至西街門下了馬，將馬趕出圍帳之外，便垂手面西站住。[形容畢肖。]半日又是一對，亦是如此。少時便來了十來對，方聞得隱隱細樂之聲，一對對龍旌鳳翣，雉羽夔頭，又有銷金提爐焚着御香；然後一把曲柄七鳳黃金傘過來，便是冠袍帶履。又有值事太監捧着香珠、綉帕、漱盂、拂塵等類。一隊隊過完，後面方是八個太監抬着一頂金黃綉鳳版輿，緩緩行來。賈母等連忙路旁跪下，[庚側：一絲不亂。]早飛跑過幾個太監來扶起，并邢、王兩夫人來。那版輿抬進大門，入儀門東去。到一所院落門前，有執拂太監，跪請下輿更衣。于是抬輿入門，太監等散去，祇有昭容、彩嬪等引領元春下輿。祇見院內各色花燈爛灼，[庚側：元春目中。]皆系紗綾扎成，精致非常。上面有一匾燈，寫着『體仁沐德』四字，元春入室更衣畢，復出，上輿進園。祇見園中香烟繚繞，花彩繽紛，處處燈花相映，時時細樂聲喧，說不盡這太平氣象，富貴風流。——此時自己回想當初在大荒山中，青埂峰下，那等凄涼寂寞；若不虧癩僧、跛道二人攜來到此，又安得能這般世面。庚眉：如此繁華盛極、花團錦簇之文，忽用石兄自語截住，是何筆力！令人安得不拍案叫絕！試（原作是）閱歷來諸小說中，有如此章法乎？本欲作一篇《燈月賦》《省親頌》，以志今日之事，但又恐入了別書的俗套。按此時之景，即作一賦一贊，也不能形容得盡其妙；即不作賦贊，其豪華富麗，觀者諸公亦可想而知矣。所以倒是省了這工夫紙墨，且說正經為是。自『此時』以下皆石頭之語，真是千奇百怪之文。

且說賈妃在轎內，看此園內外如此豪華，因默默嘆息奢華過費。忽又見執拂太監跪請登舟，賈妃乃下輿。祇見清流一帶，勢如游龍，兩邊石欄上，皆系水晶玻璃各色風燈，點的如銀花雪浪；上面柳杏諸樹雖無花葉，然皆用通草綢綾紙絹依勢作成，粘于枝上的，每一株懸燈數盞；更兼池中荷荇鳧鷺之屬，亦皆系螺蚌羽毛之類作就的。諸燈上下爭輝，真系玻璃世界，珠寶乾坤。船上亦系各種精致盆景諸燈，珠簾綉幙，桂楫蘭橈，自不必說。已而入一石港洞，洞上一面匾燈，明現着『蓼汀花溆』四字。

按此四字并『有鳳來儀』等處，皆系上回賈政偶然一試寶玉之課藝才情耳，何今日認真用此匾聯？庚眉：駁得好。況賈政世代詩書，來往諸客屏侍坐陪者，悉皆才技之流，豈無一名手題撰，竟用小兒一戲之辭苟且搪塞？庚眉：《石頭記》慣（原作貫）用特犯不犯之筆，真令人驚心駭目讀之。真似暴發新榮之家，濫使銀錢，一味抹油塗朱畢，則大書『前門綠柳垂金鎖，後戶青山列錦屏』之類，則以為大雅可觀，豈《石頭記》中通部所表之寧、榮賈府所為哉！據此論之，竟大相矛盾了。諸公不知，待蠢物石兄自謙。妙！可代答雲：豈敢！將原委說明，大家方知。

當日這賈妃未入宮時，自幼亦系賈母教養。後來添了寶玉，賈妃乃長姊，寶玉為弱弟，賈妃每上念母年將邁，始得此弟，是以憐愛寶玉，與諸弟待之不同。且同隨祖母，刻未暫離。那寶玉未入學堂之先，三四歲時，已得賈妃手引口傳，庚側：批書人領過（原作至）此教，故批至此，竟放聲大哭。俺先姊仙（原作先）逝太早，不然，余何得爲廢人耶？教授了幾本書、數千字在腹內了。其名分雖系姊弟，其情形猶如母子。自入宮後，時時帶信出來與父母說：『千萬好生扶養，不嚴不能成器，過嚴恐生不虞，且致父母之憂。』眷念切愛之心，刻未能忘。

前日賈政聞塾師背後贊寶玉偏才盡有，賈政未信，適巧遇園已落成，令其題撰，聊一試其情思之清濁。其所擬之匾聯，雖非妙句，在幼童為之，亦或可取。即另使名公大筆為之，固不費難，然想來倒不如這本家風味有趣。庚側：轉得好！更使賈妃見之，知系其愛弟所為，亦或不負其素日切望之意。庚側：有是論。◎一駁一解，跌宕搖曳之至。且寫得父母、兄弟體貼戀愛之情，淋灕痛切，真是天倫至情。因有這段原委，故此竟用了寶玉所題之聯額。那日雖未曾題完，後來亦曾補擬。

（一句補前文之不暇，啓後文苗裔，至後文凹晶溪館黛玉口中又一補，所謂一擊空谷，八方皆應。）閑文少述，且說賈妃看了四字，笑道：『「花溆」二字便妥，何必「蓼汀」？』侍座太監聽了，忙下小舟登岸，飛傳與賈政。賈政聽了，即忙移換。（換的周到可悅。）一時，舟臨內岸，復弃舟上輿，便見琳宮綽約，桂殿巍峨。石牌坊上明顯『天仙寶鏡』四大字，（不得不用俗。）賈妃忙命換『省親別墅』四字。（妙！是特留此四字與彼自命。）于是進入行宮。但見庭燎燒空，（庭燎最確。）香屑布地，火樹琪花，金窗玉檻。說不盡簾捲蝦須，毯鋪魚獺，鼎飄麝腦之香，屏列雉尾之扇。真是：

金門玉户神仙府，桂殿蘭宮妃子家。

賈妃看罷，乃問：『此殿何無匾額？』隨侍太監跪啓曰：『此系正殿，外臣未敢擅擬。』賈妃點頭不語。禮儀太監跪請升座受禮，兩陛樂起。禮儀太監二人引賈赦等，于月臺下排班，殿上昭容傳諭曰：『免。』太監引賈赦等退出。又有太監引榮國太君及女眷等自東階升月臺上排班，（一絲不亂，精致大方，有如歐陽公九九。）昭容再傳諭曰：『免。』于是引退。

茶已三獻，賈妃降座，樂止。退入側殿更衣，方備省親車駕出園。至賈母正室，欲行家禮，賈母等俱跪止不迭。賈妃滿眼垂泪，方彼此上前廝見，一手攙賈母，一手攙王夫人，三個人滿心裏皆有許多話，衹是俱說不出，祇管嗚咽對泣。庚眉：非經歷過，如何寫得出？□□壬午春。◎《石頭記》得力擅長，全是此等地方。邢夫人、李紈、王熙鳳、迎、探、惜三姊妹等，俱在旁圍繞，垂泪無言。半日，賈妃方忍悲強笑，安慰賈母、王夫人道：『當日既送我到那不得見人的去處，好容易今日回家，娘兒們一會，不說說笑笑，反倒哭起來。一會子我去了，又不知多早晚才來！』說到這句，不禁又哽咽起來。追魂攝魄。《石頭記》傳神摹（原作摸）影，全在此等地方，他書中不得有此見識。邢夫人等忙上來解勸。說完不可，不先說不可，說之不痛不可，最難說者，是此時賈妃口中之語。祇如此一說，方千妥萬帖。一字不可更改，一字不可增減，入情入理之至！賈母等讓賈妃歸座，又逐次一一見過，又不免哭泣一番。然後東西府掌家執事人丁在廳外行禮，及兩府掌家執事媳婦領丫鬟等行禮畢。賈妃因問：『薛姨媽、寶釵、黛玉因何不見？』辰：諒前信息皆知，故有此問。王夫人啟曰：『外眷無職，未敢擅入。』所謂詩書世家，守禮如此。偏是暴發，驕妄自大。賈妃聽了，忙命快請。又謙之如此，真是世界好人物。一時，薛姨媽等進來，欲行國禮，亦命免過，上前各敘闊別寒溫。又有賈妃原帶進宮去的丫鬟抱琴等前所謂賈家四釵之鬟（原作外），暗以琴、棋、書、畫排行，至此始全。上來叩見，賈母等連忙扶起，命人別室款待。執事太監及彩嬪、昭容各侍從人等，寧國府及賈赦宅兩處自有人款待，祇留三四個小太監答應。母女姊妹深敘些離別情景，『深』字妙。及家務私情。

又有賈政至簾外問安，賈妃垂簾行參等事。又隔簾含泪謂其父曰：『田舍之家，雖齏鹽布帛，終能聚天倫之樂；今雖富貴已極，骨肉各方，然終無意趣！』賈政亦含泪啟道：『臣，草莽寒門，鳩群鴉屬之中，豈意得徵鳳鸞之瑞。庚側：此語猶在耳。今貴人上沐天恩，下昭祖德，此皆山川日月之精奇、祖宗之遺德鐘于一人，幸及政夫婦。且今上啟天地生物之大德，垂古今未有之曠恩，雖肝腦塗地，臣子豈能得報于萬一！惟朝乾夕惕，忠于厥職外，願我後〔六〕萬壽千秋，乃天下蒼生之同幸也。貴妃切勿以政夫婦殘黎為念，懣憤金懷，更祈自加珍愛。惟業業兢兢，勤慎恭肅，以侍上殿，不負上體貼眷愛如此之隆恩也。』賈妃亦囑『祇以國事為重，暇時保養，切勿記念』等語。賈政又啟：『園中所有亭臺軒館，皆系寶玉所題；如果有一二稍可寓目者，請別賜名為幸。』元妃聽了寶玉能題，便含笑說：『進益了。』賈政退出。

賈妃見寶、林二人益發比別姊妹不同，真是姣花軟玉一般。因問：『寶玉為何不進見？』至此方出寶玉。賈母乃啟：『無諭，外男不敢擅入。』元妃命快引進來。小太監出去引寶玉進來，先行國禮畢，元妃命他近前，攜手攬于懷內，庚側：作書人將批書人哭壞了！又撫其頭頸，笑道：『比先竟長了好些……』一語未終，泪如雨下。祇此一句，便補足前面許多文字。

尤氏、鳳姐等上來啟道：『筵宴齊備，請貴妃游幸。』元妃等起身，命寶玉導引，遂同諸人步至園門前。早見燈光火樹之中，諸般羅列非常。進園來，先從『有鳳來儀』『紅香綠玉』『杏簾在望』『蘅芷清芬』等處，登樓步閣，涉水緣山，百般眺覽徘徊。一處處鋪陳不一，一樁樁點綴新奇，賈妃極加獎贊，又勸：『以後不可太奢，此皆過分之極。』已而至正殿，諭免禮歸座，大開筵宴。賈母等在下相陪，尤氏、李紈、鳳姐等親捧羹把盞。

元妃乃命傳筆硯伺候，親搦湘管，擇其幾處最喜者賜名。按其書雲：

『顧恩思義』匾額。

天地啓宏慈，赤子蒼頭同感戴；

古今垂曠典，九州萬國被恩榮。此一匾一聯書于正殿。是賈妃口氣。

『大觀園』園之名。

『有鳳來儀』賜名曰：『瀟湘館』。

『紅香綠玉』改『怡紅快綠』。即名曰：『怡紅院』。

『蘅芷清芬』賜名曰：『蘅蕪院』。

『杏簾在望』賜名曰：『浣葛山莊』。

正樓曰：『大觀樓』。

東面飛樓曰：『綴錦閣』。

西面斜樓曰：『含芳閣』。

更有『蓼風軒』『藕香榭』雅而新。『紫菱洲』『荇葉渚』等名；又有四字的匾額十數個，諸如『梨花春雨』『桐剪秋風』『荻蘆夜雪』等名，此時悉難全記。故意留下秋爽齋、凸碧山莊、凹晶溪館、暖香塢等處，爲後文另換眼目之地步。又命舊有匾、聯〔七〕俱不必摘去。于是先題一絕雲：

銜山抱水建來精，多少工夫築始成。

天上人間諸景備，芳園應錫大觀名。庚：詩却平平，蓋彼不長于此也，故祇如此。

寫畢，向諸姊妹笑道：『我素乏捷才，不長于吟咏，妹輩素所深知。今夜聊以塞責，不負斯景而已。异日少暇，必補撰《大觀園記》并《省親頌》等文，以記今日之事。妹輩亦各題一匾一詩，隨才之長短，亦暫吟成，不可因我微才所縛。且喜寶玉竟知題咏，是我意外之想。此中「瀟湘館」「蘅蕪苑」二處，我所極愛；次之「怡紅院」「浣葛山莊」。此四大處，必別有章句題咏方妙。前所題之聯雖佳，如今再各賦五言律一首，使我當面試過，方不負我自幼教授之苦心。』寶玉祇得答應了下來，自去構思。

迎、探、惜三人之中，要算探春又出于姊妹之上，然自忖亦難與薛、林爭衡〔八〕，祇一語便寫出寶、黛二人，又寫出探卿知己知彼，伏下後文多少地步。祇得勉強隨衆塞責而已。李紈也勉強湊成一律。不表薛、林可知。賈妃先挨次看姊妹們的，寫道是：

旷性怡情 匾額　　迎春

園成景備特精奇，奉命羞題額曠怡。
誰信世間有此境，游來寧不暢神思？

万象争辉 匾額　　探春

名園築出勢巍巍，奉命偏慚學淺微。

精妙一時言不出，果然萬象耀〔九〕光輝。

文章造化 匾額 惜春

山水橫拖千裏外，樓臺高起五雲中。

園修日月光輝裏，景奪文章造化功。便牽强。三首之中還算探卿略有作意，故後又寫出許多意外妙文。

文采風流 匾額 李紈

秀水明山抱復回，風流文采勝蓬萊。起好。

緑裁歌扇迷芳草，紅襯湘裙舞落梅。凑成。

珠玉自應傳盛世，神仙何幸下瑶臺。

名園一自邀游賞，未許凡人到此來。此四詩列于前，正爲滃托下韵也。

凝暉鐘瑞 匾額 庚：便有含蓄。

薛寶釵

芳園築向帝城西，華日祥雲籠罩奇。

高柳喜遷鶯出谷，修篁時待鳳來儀。確極。

文風已著宸游夕，孝道應隆歸省時。

睿藻仙才盈彩筆，自慚何敢再爲辭。好詩。此不過頌聖應制耳，猶未見他長處，以後漸知。

世外仙源 匾額 落想便不與人同。

林黛玉

名園築何處，仙境別紅塵。

借得山川秀，添來景物新。所謂『信手拈來無不是』，阿顰自是一種心思。

香融金谷酒，花媚玉堂人。

何幸邀恩寵，宮車過往頻。

末二首是應制詩。余謂寶、黛此作未見長，何也？蓋後文別有驚人之句也。在寶卿有生不屑爲此，在黛卿實不足一爲。

賈妃看畢，稱賞一番，又笑道：『終是薛、林二妹之作與眾不同，非愚姊妹可同列者。』原來林黛玉安心今夜大展奇才，將眾人壓倒，（這却何必，然尤物方如此。）不想賈妃祇命一匾一咏，倒不好違諭多作，祇胡亂作一首五言律應景罷了。（請看前詩，却雲是胡亂應景。）

彼時寶玉尚未作完，祇剛作了『瀟湘館』與『蘅蕪苑』二首，正作『怡紅院』一首，起草內有『綠玉春猶捲』一句，寶釵轉眼瞥見，便趁眾人不理論，急忙回身悄推道：『他（庚眉：這樣章法，又是不曾見過的。此『他』字指賈妃。）因不喜「紅香綠玉」四字，改了「怡紅快綠」；你這會子偏用「綠玉」二字，豈不是有意和他爭馳了？況且蕉葉之說也頗多，再想一個字改了罷。』寶玉見寶釵如此說，便拭汗道：（想見其構思之苦，方是至情。最厭近之小說中滿紙神童。）『我這會子總想不起什麼典故出處來。』寶釵笑道：『你祇把「綠玉」的「玉」字改作「蠟」字就是了。』寶玉道：『「綠蠟」可有出處？』（庚側：好極！）寶釵見問，悄悄的咂嘴點頭笑道：（庚側：媚極！韵極！）『虧你今夜不過如此，將來金殿對策，你大約連「趙錢孫李」都忘了呢！（庚眉：如此穿插，安得不令人拍案叫絶！□□壬午季春。◎有得寶卿奚落，但就謂寶卿無情，祇是較阿顰施之特正耳。）唐錢珝咏芭蕉詩頭一句：「冷燭無烟綠蠟乾」，你都忘了不成？』（此等處便用硬證實處，最是大力量。但不知是何心思，是從何落想，穿插到如此玲瓏錦綉地步。◎辰：乃翁前何多敏捷，今見乃姐何反遲鈍，未免怯才拘緊人所必有之耳。）寶玉聽了，不覺洞開心臆，笑道：『該死，該死！現成眼前之物偏倒想不起來，真可謂「一字師」了。

從此後我祇叫你師父，再不叫姊姊了。』寶釵亦悄悄的笑道：『還不快作上去，祇管姊姊妹妹的。誰是你姊姊？那上頭穿黃袍的〔十〕才是你姊姊，你又認我這姊姊來了。』一面說笑，因說笑卻又怕他耽延工夫，遂抽身走開了。一段忙中閑文，已是好看之極，出人意外。寶玉祇得續成，共有了三首。

此時林黛玉未得展其抱負，自是不快。因見寶玉獨作四律，庚眉：偏又寫一樣，是何心意構思而得？□□畸笏。大費神思，何不代他作兩首，也省他些精神不到之處。寫黛卿之情思，待寶玉卻又如此，是與前文特犯不犯之處。想着，便也走至寶玉前，悄問：『可都有了？』寶玉道：『才有三首，祇少「杏簾在望」一首了。』黛玉道：『既如此，你祇抄錄前三首罷。趕你寫完那三首，我也替你作出這首了。』說畢，低頭一想，早已吟成一律，瞧他寫阿顰，祇如此便妙極！便寫在紙條上，搓成個團子，擲在他眼前。庚眉：紙團送遞（原作迭），系應童生秘訣，黛卿自何處學得？一笑。□□丁亥春。◎辰：姐姐做試官尚用槍手，難怪世間之代倩多耳。寶玉打開一看，祇覺此首〔十一〕比自己所作的三首高過十倍，真是喜出望外，這等文字亦是觀書者望外之想。遂忙恭楷呈上。賈妃看道：

有鳳來儀　臣寶玉謹題

秀玉初成實，堪宜待鳳凰。起便拿得住。

竿竿青欲滴，個個綠生涼。
迸砌妨階水，穿簾礙鼎香。妙句。古雲：『竹密何妨水過。』今偏翻案。
莫摇清碎影，好夢晝初長。

蘅芷清芬

衡蕪滿净苑，蘿薜助芬芳。『助』字妙！通部書所以皆善練字。
軟襯三春草，柔拖一縷香。刻畫入妙。
輕烟迷曲徑，冷翠滴回廊。甜脆滿頰。
誰謂池塘曲，謝家幽夢長。

怡紅快綠

深庭長日静，兩兩出嬋娟。雙起雙收。讀此首，始信前雲『有蕉無棠不可』，『有棠無蕉更不可』等批，非泛泛妄批駁他人，到自己身上則無此能爲之論也。

緑蠟本是『玉』字，遵寶卿改，似較『玉』字佳。春猶捲，是蕉。紅妝夜未眠。是海棠。

憑欄垂絳袖，是海棠之情。倚石護青烟。是芭蕉之神。何能如此工恰自然！真是好詩，却是好書。

對立東風裏，雙收。主人應解憐。歸到主人，方不落空。王梅隱雲：『咏物體又難雙承雙落，一味雙拿，則不免牽强。』此首可謂詩題兩稱，工極切極，流麗嫵媚。

杏簾在望

杏簾招客飲，在望有山莊。分題作一氣呵成，格調熟煉，自是阿顰口氣。

菱荇鵝兒水，桑榆燕子梁。阿顰之心意才情原與人別，亦不是從讀書中得來。

一畦春韭緑，十裏稻花香。

盛世無饑餒，何須耕織忙。以幻入幻，順水推舟，且不失應制，所以稱阿顰。

賈妃看畢，喜之不盡，說：『果然進益了！』又指『杏簾』一首為前三（十二）首之冠，遂將『浣葛山莊』

改為『稻香村』。庚眉：仍用玉兄前擬『稻香村』，却如此幻筆幻體。文章之格式至矣，盡矣！□□壬午春。◎如此服善，妙！又命探春另以彩箋謄錄出方才一共十數首詩，出令太監傳與外廂。賈政等看了，都稱頌不已。賈政又進《歸省頌》。元春又命以瓊酥金膾等物，賜與寶玉并賈蘭。百忙中點出賈蘭，直使一人不落。此時賈蘭極幼，未達諸事，衹不過隨母依叔行禮，故無別傳。賈環從年內染病未痊，自有閑〔十三〕處調養，故亦無傳。補明，方不遺失。

那時賈薔帶領十二個女戲，在樓下正等的不耐煩，衹見一太監飛來說：『作完了詩，快拿戲目來！』賈薔急將錦冊呈上，并十二個花名單子。少時，太監出來，衹點了四出戲：

第一出《豪宴》《一捧雪》中伏賈家之敗。

第二出《乞巧》《長生殿》中伏元妃之死。

第三出《仙緣》《邯鄲夢》中伏甄寶玉送玉。

第四出《離魂》《牡丹亭》中伏黛玉死。所點之戲劇伏四事，乃通部書之大過節、大關鍵。

賈薔忙張羅扮演起來。一個個歌欺裂石之音，舞有天魔之態。雖是妝演的形容，卻作盡悲歡情狀。二句畢矣。剛演完了，一太監執一金盤糕點之類，來問：『誰是齡官？』賈薔便知是賜齡官之物，喜的忙接了，何喜之有？伏下後面許多文字，祇用一『喜』字。命齡官叩頭。太監又道：『貴妃有諭，說「齡官極好，再作出戲，不拘那兩出就是了」。』賈薔忙答應了，因命齡官作《游園》《驚夢》二出。齡官自為此二出原非本角之戲，執意不作，定要作《相約》《相罵》二出。《釵釧記》中，總隱後文不盡風月等文。按近之俗語雲：『能養千軍，不養一戲。』蓋甚言優伶之不可養之意也。大抵一班之中，此一人技藝稍優出衆，此一人則拿腔作勢，唬衆恃强，種種可惡，使主逐之不捨，責之不可，雖欲不憐，實不能不憐；雖欲不愛，而實不能不愛。余歷梨園子弟廣矣，各個皆然。亦曾與慣養梨園諸世家兄弟談議及此，衆皆知其事，而皆不能言。今閱《石頭記》至載『原非本角之戲』、『執意不作』二語，便見其恃能壓衆，嬌酸妏妒，淋灕滿紙矣。復至『情悟梨香院』一回，更將和盤托出，與余三十年前目睹身親之人，現形于紙上。便言《石頭記》之為書，情之至極，言之至確，然非領略過乃事，迷陷過乃情，即觀此茫然嚼蠟，亦不知其神妙也。賈薔扭他不過，如何反扭他不過，其中便隱許多文字。祇得依他作了。賈妃甚喜，命『不可難為了這女孩子，好生教習』，可知尤物了。額外賞了兩匹宮緞、兩個荷包并金銀錁子、食物之類。又伏下一個尤物，一段新文。然後撤筵，將未到之處復又游玩。忽見山環佛寺，忙另盥手進去焚香拜佛，又題一匾雲：『苦海慈航』。寓通部人事。一篇熱文，却如此冷收。又額外加恩與一班幽尼女道。

少時，太監跪啟：『賜物俱齊，請驗等例。』乃呈上略節。賈妃從頭看了，俱甚妥協，即命照此遵行。太監聽了，下來一一發放。原來賈母的是金、玉如意二柄，沉香拐拄一根，伽楠念珠一串，『富貴長春』宮緞四匹，『福壽綿長』宮綢四匹，紫金『筆錠如意』錁十錠，『吉慶有魚』銀錁十錠。邢夫人、王夫人二分，祇減了如意、拐、珠四樣。賈敬、賈赦、賈政等，每分御制新書二部，寶墨二匣，金、銀爵各二衹，表禮按前。寶釵、黛玉諸姊妹等，每人新書一部，寶鏡一方，新樣格式金銀錁二對。寶玉亦同此。（此中忽夾上寶玉，可思。）賈蘭則是金銀項圈二個，金銀錁二對。尤氏、李紈、鳳姐等，皆金銀錁四錠，表禮四端。外表禮二十四端，清錢一百串，是賜與賈母、王夫人及諸姊妹房中奶娘、衆丫鬟的。賈珍、賈璉、賈環、賈蓉等，皆是表禮一分，金錁一雙。其餘彩緞百端，金銀千兩，御酒華筵，是賜東、西兩府凡園中管理工程、陳設、答應并司戲、掌燈諸人的。外有清錢五百串，是賜廚役、優伶、百戲、雜行人丁的。

衆人謝恩已畢，執事太監啟道：『時已醜正三刻，請駕回鑾。』賈妃聽了，不由的滿眼又滾下淚來。卻又勉強堆笑，拉住賈母、王夫人的手，緊緊的不忍釋放，（使人鼻酸。）再四叮嚀：『不須記挂，好生自養。如今天恩浩蕩，一月許進內省視〔十四〕一次，見面是盡有的，何必傷慘。倘明歲天恩仍許歸省，萬不可如此奢華靡費了！』（妙極之讖。試看別書中專能故用一不祥之語爲讖？今偏不然，祇有如此現成一語，便是不再之讖。祇看他用一『倘』字，便隱諱自然之至。）賈母等已哭的哽噎難言了。賈妃雖不忍別，怎奈皇家規範，違錯不得，祇得忍心上輿去了。（庚眉：一回離合悲歡夾寫之文，真如山陰道上令人應接不暇。尚有許多忙中閑、閑中忙小波瀾。一絲不漏，一筆不苟。）這裏諸人好容易將賈母、王夫人安慰解勸，攙扶出園去了。下回分解。

總評

此回鋪排，非身經歷，開巨眼，伸大筆，則必有所滯挂牽强。豈能如此觸處成趣，立後文之根，足本文之情者？且借象説法，學我佛闡經，代天女散花，以成此奇文妙趣。惟不得與四才子書之作者，同時討論臧否，爲可恨耳。

校記

〔一〕此處的『世』字，原文爲『是』，據蒙府本改。
〔二〕此處的『裏面』二字，原文爲『裏』，據庚辰本改。
〔三〕此處的『臊』字，原文爲『燥』，據庚辰本改。
〔四〕此處的『替身兒』三字，原文爲『替生兒』，據庚辰本改。
〔五〕此處的『亡故』二字，原文爲『亡過』，據蒙府本改。
〔六〕此處的『我後』二字，蒙府本同此，庚辰本爲『我君』。
〔七〕原文無『聯』字，據庚辰本補。
〔八〕原文無『衡』字，據庚辰本補。
〔九〕此處的『耀』字，庚辰本爲『生』，蒙府本爲『有』。

〔十〕原文無『的』字，據夢稿本補。
〔十一〕原文無『衹覺此首』四字，按庚辰本補。
〔十二〕原文無『三』字，按庚辰本補。
〔十三〕原文無『閑』字，據庚辰本補。
〔十四〕此處的『省視』二字，蒙府本、庚辰本均爲『省親』。

第十九回　情切切良宵花解語　意綿綿靜日玉生香

【回前】彩筆輝光若轉環，心情魔態幾千般。寫成濃淡兼深淺，活現痴人戀戀間。

話說賈妃回宮，次日見駕謝恩，并回奏歸省之事，龍顏甚悅。又發內帑彩緞金銀等物，以賜賈政及各椒房等員，補還一句。細！方見省親不獨賈家一門也。不必細說。

且說榮、寧二府中因連日用盡心力，真是人人力倦，各個神疲，又將園中一應陳設動用之物，收拾了兩三天方完。第一個鳳姐事多任重，別人或可偷安躲靜，獨他是不能脫得的；二則本性要強，不肯落人褒貶，祇扎掙着與無事的人一樣。伏下病源。第一個寶玉是極無事最閑暇的。偏這日一早，襲人的母親又親來回過賈母，接襲人家去吃茶，晚間才得回來。一回一回各生機軸，總在人意想之外。因此，寶玉祇和衆丫頭們擲骰子趕圍棋作戲。寫出正月光景。正在房內玩的沒興頭，忽見丫頭們來回說：『東府珍大爺來請過去看戲、放花燈。』寶玉聽了，便命換衣裳。

才要去時，忽又有賈妃賜出糖蒸酥酪來；總是新正妙景。寶玉想上次襲人喜吃此物，便命留與襲人了。自己回過賈母，過去看戲。

誰想賈珍這邊唱的是《丁郎認父》《黃伯央大擺陰魂陣》，更有《孫行者大鬧天宮》《姜子牙斬將封神》等類的戲文，真真熱鬧。倏爾神鬼亂出，忽又妖魔畢露，甚至于揚幡過會，號佛行香，鑼鼓喊叫之聲遠聞巷外。形容刻薄之至，弋陽腔能事畢矣。閱至此，則有如耳內喧嘩，目中繚（原作撩）亂。後文至隔墻聞『裊晴絲』數曲，則有如魂隨笛轉，魄逐歌銷。形容一事，一事畢肖，石頭是第一能手矣。滿街之人個個都贊：『好熱鬧戲，別人家斷不能有的。』必有之言。寶玉見繁華熱鬧到如此不堪的田地，祇略坐了一坐，便走開各處閑耍。先是進內去和尤氏和丫鬟姬妾說笑了一回，便出二門來。尤氏等仍料他出來看戲，遂也不曾照管。賈珍、賈璉、薛蟠等祇顧猜枚行令，百般作樂，也不理論，縱一時不見他在座，祇道在裏邊去了，故也不問。至于跟寶玉的小廝們，那年紀大些的，知寶玉這一來了，必是晚間才散，因此偷空也有去會賭的，也有往親友家去吃年茶的，更有或嫖或飲的，都私散了，待晚間再來；那小些的，鑽進戲房裏瞧熱鬧去了。

寶玉見一個人沒有，因想『這裏素日有個小書房內，曾挂着一幅美人，極畫的得神。今日這般熱鬧，想那裏那美人自然是寂寞的，須得我去望慰他一回。』蒙側：天生一段痴情，所謂『情不情』也。◎極不通極胡說中，寫出絕代痴情，宜乎（原無）人謂之瘋傻。想着，便往書房裏來。剛到窗前，聞得房内有呻吟之韵。寶玉倒唬了一跳：敢是美人活了不成？又帶出小兒心意，一絲不亂。乃大着膽子，舔破窗紙，向内一看：那軸美人卻不曾活，卻是茗烟按着一個女孩子，也幹那警幻所訓之事。寶玉禁不住大叫：『了不得！』一腳踹〔一〕進門去，將那兩個唬開了，抖衣而顫。

茗烟見是寶玉，忙跪求不迭。寶玉道：『青天白日，這是怎麽說。開口便好。珍大爺知道，你是死是活？』一面看那丫頭，雖不標致，倒還白淨，些微亦有動人處，羞的臉紅耳赤，低首無言。寶玉跺腳道：『還不快跑！』此等搜神奪魄至神至妙處，祇在囫圇不解中得來。一語提醒了丫頭，飛也似去了。寶玉又趕出去，叫道：『你別怕，我是不告訴人的。』活寶玉，移之他人不可。急的茗烟在後叫：『祖宗，這是分明告訴人了！』寶玉因問：『那丫頭十幾歲了？』茗烟道：『大不過十六七歲了。』寶玉道：『連他的歲數也不問問，別的自然越發不知了。可見他白認得你了。可憐！』按此書中寫一寶玉，其寶玉之爲人，是我輩于書中見而知有此人，實目未曾親睹者。又寫寶玉之言，每每令人不解；寶玉之生性，件件令人可笑。不獨于世上親見這樣的人不曾，即閲今古所有之小説傳奇中，亦未見這樣的文字。于顰兒處爲更甚，其囫圇不解之中實可解，可解之中又説不出理路。合目思之，却如真見一寶玉，真聞此言者，移之第二人萬萬不可，亦不成文字矣。余閲《石頭記》至奇至妙之文，全在寶玉、顰兒至痴至呆囫圇不解之語中，其詩詞、啞謎、酒令、衣食奇玩等類，固他書中未能，然在此書中評，猶爲二著。又問：『名字叫什麽？』茗烟大笑道：『若說出名字來話長，真真新鮮奇文，竟寫不出來的。若都寫的出來，何以見此書中之妙耶！據他說，他母親養他的時節做了夢，又是一個夢，祇是隨手成趣耳。夢見得了一匹錦，上面是五色富貴不斷頭卍字的花樣，千奇百怪之想。所謂牛溲馬勃皆至藥也，魚鳥昆蟲皆妙文也。天地間無一物不是妙物，無一物不可成文，但在人意拾取耳。此皆信手拈來，隨筆成趣，大游戲、大會悟、大解脱之妙文也。所以他的名字叫作卍兒。』音萬。寶玉聽了笑道：『真也新奇，想必他將來有些造化。』說着，沉思一會。

茗烟因問：『二爺為何不看這樣的好戲？』寶玉道：『看了半日，怪煩的，出來逛逛，就遇見你們了。這會子做什麼呢？』茗烟趨近笑道：『這會子沒人知道，我悄悄的引二爺往城外逛逛去，一會子再往這裏來，他們就不知道了。』茗烟此時祗要掩飾方才之過，故設此以悦寶玉之心。寶玉道：『不好，仔細看拐了去。便是他們知道了，又鬧大了。不如往熟近些的地方去，還可就來。』茗烟道：『熟近地方，誰家可去？這卻難了。』寶玉笑道：『依我的主意，咱們竟找你花大姐姐去，瞧他在家做什麼呢。』妙！寶玉心中早安了這招（原作着），但恐茗烟不肯引去耳。恰遇茗烟私行淫媾，爲寶玉所脅（原作挾），故以城外引悦其心，寶玉始悦，出往花家去。非茗烟適有罪被脅（原作挾），萬不敢如此私引出外。別家子弟尚不敢私出，况寶玉哉，况茗烟哉？文字榫（原作筍）楔，極細！茗烟笑道：『好，好！倒忘了他家。』又道：『若他們知道了，說我引着二爺胡走，要打我呢？』必不可少之語。寶玉道：『有我呢。』茗烟聽說，拉了馬，二人從後門就走了。

幸而襲人家不遠，不過半裏路程，轉眼已到門前。茗烟先進去叫襲人之兄花自芳。隨姓成名，隨手成文。彼時襲人之母接了襲人，與幾個外甥女兒、一樹千枝，一源萬派，無意隨手，伏脉千裏。幾個侄女兒來家，正吃茶果。聽見外面有人叫『花大哥』，花自芳忙出去看時，見是他主僕兩個，唬的驚疑不止，連忙抱下寶玉來，在院內嚷道：『寶二爺來了！』別人聽見還可，襲人聽了，也不知為何，忙跑出來迎着寶玉，一把拉着問；『你怎麼來了？』寶玉笑道：『我怪悶的，來瞧瞧你做什麼呢。』襲人聽了，才放下心來，精細周到。『嗐』了一聲，笑道：轉至『笑』字，妙！神！『你也忒胡鬧了，該說，說得是。可做什麼來呢！』一面又問茗烟：『還有誰跟來？』細。茗烟笑道：『別人都不知，就衹我們兩個。』襲人聽了，復又驚慌，是必有之神理，非特故作頓挫。說道：『這還了得！倘或碰見了人，或是遇見老爺，街上人擠車碰，馬有個閃失，也是玩得的！你們的膽子比鬥還大。都是茗烟調唆的，回去我定告訴嬤嬤們打你。』該說，說的更有理。茗烟撅了嘴，便道：『二爺罵着打着，叫我帶了來，這會子推到我身上。我說別來罷。不然，我們還去罷。』茗烟賊。花自芳忙勸：『罷了，既是來了，也不用多說了。衹是茅檐草舍，又窄又髒，爺怎麼坐呢？』

襲人之母也早迎出來。襲人拉了寶玉進去。寶玉見房中三五個女孩兒，見他進來，都低了頭，羞慚慚的。花自芳母子兩個百般怕寶玉冷，又讓他上炕，又忙另擺果桌，又忙倒好茶。連用三『又』字，上文一個『百般』，神理活現紙上。襲人笑道：『你們不用白忙，妙！不寫襲卿忙，正是忙之至。若一寫襲人忙，便是庸俗小派了。我自然知道：果子也不用擺，也不敢亂給東西吃。』

蒙側：至敬至情。◎如此至微至小中便帶出家常情事，他書寫不及此。一面說，一面將自己的坐褥拿來鋪在一個炕上，寶玉坐了；用自己的腳爐墊了腳；向荷包內取出兩個梅花香餅兒來，又將自己的手爐掀開焚上，仍蓋好，放與寶玉懷內；然後將自己的茶杯斟了茶，送與寶玉。用四個『自己』字，寫得寶、襲二人素日如何親洽，如何尊榮，此時一盤托出。蓋素日身居侯府綺羅錦綉之中，其安富尊榮之寶玉，親密浹洽勤慎委婉之襲人，是所應當，不必寫者也。今于此一補，更見其二人平素之情義，且暗透後回中，所有母女兄長欲爲贖身口角等未到之過文。彼時他母兄已是忙另齊齊整整擺上一桌子果品來。襲人見總無可吃之物，補明寶玉自幼何等嬌貴。以此一句，留與下部後數十回『寒冬噎酸齏，雪夜圍破氈』等處對看，可爲後生過分之人戒。嘆！因笑道：『既來了，沒有空去之禮，好歹嘗一點兒，也是來我家一趟。』得意之態，是才與母兄較爭以後之神理，最細。說着，拈了幾個鬆子穰，惟此品稍可一拈，別品便大錯了。吹去細皮，用手帕托着送與寶玉。

寶玉看見襲人兩眼微紅，粉光融滑，八字畫出才收泪之一女兒，是好形容，且是寶玉眼中意中。因悄問襲人：『好好的哭什麼？』襲人笑道：『何嘗哭，才迷了眼揉的。』因此便遮掩過了。伏下後文所補未到多少文字。當下寶玉穿着大紅金蟒狐腋箭袖，外罩石青貂裘排穗褂。襲人道：『你特為往這裏來又換新服，他們指晴雯、麝月等。就不問你往那裏去的？』必有是問。閱此則又笑盡小說中，無數家常穿紅挂綠綺綉綾羅等語，自謂是富貴，究竟反是寒酸俗態也。寶玉笑道：『珍大爺請看戲換的。』襲人點頭。又道：『坐一坐就回去罷，這個地方不是你來的。』寶玉笑道：『你就家去才好呢，我還替你留着好東西呢。』庚側：本是（原作生員）切己（原作巳）之事。襲人道：『悄悄的，叫他們聽着什麼意思。』蒙側：追魂。◎想見二人往日情長。一面又伸手從寶玉項上〔二〕將通靈玉摘了下來，向他姊妹們笑道：『你們見識見識。時常說起來都當希罕，蒙側：不可少之文。恨不能一見，今兒可盡力瞧了。再瞧什麼希罕物兒，也不過是這麼個東西。』庚眉：自『一把拉住』至此諸形景動作，襲卿有意微露絳蕓（原作峰芒）軒中隱事也。◎行文至此固好看之極，且勿論。按此言固是襲人得意之語，蓋言你等所希罕不得一見之寶，我却常守常見，視爲平物。然余今窺其用意之旨，則是作者借此正爲貶玉，原非大觀者也。說畢，遞與他們傳看了一遍，仍與寶玉挂好。又命他哥哥去，或雇一乘小轎，或雇一輛小車，送寶玉回去。花自芳道：『有我送去，騎馬也不妨了。』庚側：祇知保重耳。襲人道：『不為不妨，為的是碰見人。』細極！

花自芳忙去雇了一頂小轎來，衆人也不敢相留，祇得送寶玉出去。襲人又抓果子與茗烟，又把些錢與他買花炮放，教他：『不可告訴人，連你也有不是。』蒙側：細極。一直送寶玉至門前，看着上轎，放下轎簾。花、茗二人牽馬跟隨。來至寧府街，茗烟命住轎，向花自芳道：『須等我同二爺還到東府裏混一混，才好過去的，不然人家就疑惑了。』花自芳聽說有理，忙將寶玉抱出轎來，送上馬去。寶玉笑說：『倒難為你了。』庚側：公子口氣。于是仍進後門，俱不在話下。

卻說寶玉自出了門，他房中這些丫鬟們都越性恣意的玩笑，也有趕圍棋的，也有擲骰抹牌的，嗑了一地瓜子皮。偏奶母李嬤嬤拄拐進來請安，瞧瞧寶玉。見寶玉不在家，丫頭們祇顧玩鬧，十分看不過。人人都看不過，獨寶玉看得過。因嘆道：『自從我出去了，不大進來，你們越發沒個樣兒。說得是，原該說。別的媽媽們越不敢說你們了。補明好。寶玉雖不吃乳，豈無伴從之媼媼哉？那寶玉是個丈八的燈臺——照見人家，照不見自家的。用俗語入妙！祇知嫌人家臟，這是他的屋子，由着你們糟蹋，越不成體統了。』所以爲今古未有之一寶玉。這些丫頭們明知寶玉不講究這些，二則李嬤嬤已是告老解事出去的了，調侃入微。妙！妙！如今管他們不着，因此祇顧玩，并不理他。那李嬤嬤還祇管問『寶玉如今一頓吃多少飯』、『什麼時辰睡覺』等語。可嘆！丫頭們總胡亂答應。有的說：『好一個討厭的老貨！』庚側：實在有的。◎蒙側：入神。

李嬤嬤又問道：『這蓋碗裏是酥酪，怎不送與我去？我就吃了罷。』說畢，拿匙就吃。寫龍鐘奶母（原作姆），便是龍鐘奶母。一個丫頭道：『快別動！那是說了給襲人留着的，過下無痕。回來又惹氣了。照應茜雪楓露茶前案。你老人家自己承認，別帶累我們受氣。』這等話語聲口，必是晴雯無疑。李嬤嬤聽了，又氣又愧，便說道：『我不信他這樣壞了。且別說我吃了一碗牛奶，就是再比這值錢的，也是應該的。難道待襲人比我還重？難道他不想想怎麼長大了？我的血變的奶，吃的長這麼大；如今我吃他一碗牛奶，他就生氣了？我偏吃了，怎麼樣！你們看襲人不知怎樣，那是我手裏調理出來的毛丫頭，什麼阿物兒！』雖暫委屈唐突襲卿，然亦怨不得李媼。一面說，一面賭氣將酥酪吃盡。又一丫頭笑道：『他們不會說話，怨不得你老人家生氣。寶玉還時常送東西孝敬你老去，豈有為這個不自在的。』聽這聲口必是麝月無疑。李嬤嬤道：『你們也不必妝狐媚子哄我，打量上次為茶攆茜雪的事〔三〕我不知道呢。照應前文，又用一『攆』字，屈殺寶玉。然在李媪心中口中逼肖。明兒有了不是，我再來領！』說着，賭氣去了。過至下回。

少時，寶玉回來，命人去接襲人。衹見晴雯躺在床上不動，嬌態已慣。寶玉因問：『敢是病了？再不然輸了？』秋紋道：『他倒是贏的。誰知李〔四〕老太太來了，混輸了，他氣的睡去了。』寶玉笑道：『你別和他一般見識，由他去就是了。』說着，襲人已來，彼此相見。襲人又問寶玉何處吃飯，多早晚回來，又代母妹問諸同伴姊妹好。一時換衣卸妝。寶玉命取酥酪來，丫鬟們回說：『李嬤嬤吃了。』寶玉才要說話，襲人便忙笑着：『原來是留的這個，多謝費心。前兒我吃的時候好吃，吃過了好肚子疼，足的吐了才好。他吃了倒好，擱在這裏倒白糟蹋了。與前文失手碎鍾遥對。通部襲人皆是如此，一絲不錯。我衹想風幹栗子吃，你替我剝栗子，我去鋪床。』必如此方是。

寶玉聽了，信以為真，方把酥酪丟開，取栗子來，自向燈前檢剝。一面見衆人不在房中，乃笑問襲人道：『今兒那個穿紅的是你什麼人？』若見過女兒之後没一段文字，便不是寶玉，亦非《石頭記》矣！襲人道：『那是我兩姨妹子。』寶玉聽了，贊嘆兩聲。這一贊嘆又是令人囫圇不解之語，衹此便抵過一大篇文字。襲人道：『嘆什麼？衹一『嘆』字，便引出『花解語』一回來。我知道你心裏的緣故，想是說他那裏配穿紅？』補出寶玉素喜紅色，這是激語。寶玉笑道：『不是，不是。那樣的不配穿紅的，誰還敢穿？活寶玉。我因為見他實在好的很，怎麼也得他在咱們家就好了。』妙談！妙意！襲人冷笑道：『實在好的就該給你家做奴才麼〔五〕？』妙答！寶玉并未說『奴才』二字，襲人連補『奴才』二字（原作人），最是勁節。怨不得作此語。寶玉聽了，忙笑道：『你又多心了。我說往咱們家來，必定是奴才不成？勉强，如聞。說親戚就使不得？』蒙側：這樣妙文，何處得來？非目見身行，豈能如此的確。◎更勉（原無）强。襲人道：『那也搬配不上。』說得是。寶玉便不肯再說，祇是剝栗子。襲人笑道：『怎麼不言語了？想是我才冒撞衝犯了你，明兒賭氣花幾兩銀子，買他們進來就是了。』總是故意激他。寶玉笑道：『你說的怎麼叫我答言呢？我不過贊他好，正該生在這深堂大院裏，沒的我們這種濁物妙號。後文又曰須眉濁物之稱。今古未有之一人，始有此今古未有之妙稱妙號。倒生在這裏。』這皆是寶玉意中心中確實之念，非勉强之詞，所以謂今古未有之一人耳。聽其囫圇不解之言，察其幽微感觸之心，審其痴妄婉轉之意，皆今古未見之人，亦是未見之文字；說不得賢，說不得愚，說不得不肖，說不得善，說不得惡，說不得正大光明，說不得混帳惡賴，說不得聰明才俊，說不得庸俗，說不得好色好淫，說不得情痴情種，恰恰祇有一顰兒可對，今他人徒加評論，總未摸着他二人是何等脫胎，何等心臆，何等骨肉。余閱此書亦愛其文字耳，實亦不能評出此二人終是何等人物。後觀情榜評曰：『寶玉情不情，黛玉情情。』此二評自在評痴之上，亦屬囫圇不解，妙甚！襲人道：『他雖沒這造化，倒也是嬌生慣養的呢，我姨爹姨娘的寶貝。如今十七歲，各樣的嫁妝都齊備了，明年就出嫁。』庚側：所謂不入耳之言也。

寶玉聽了『出嫁』二字，不禁『嗐』了兩聲。寶玉心思另是一樣，余前評可見。正不自在，又聽襲人嘆道：襲人亦嘆，自有別論。

『祇從我來這幾年，姊妹們都不得在一處。如今我要回去了，他們又都去了。』寶玉聽了這話內有文章，余亦如此。不覺吃一驚，余亦吃驚。忙丟下栗子，問道：『怎麼，你如今要回去了？』襲人道：『我今兒聽得我媽和哥哥商議，教我再耐煩一年，明年〔六〕他們上來，就贖我出去的呢。』即余今日猶難爲情，況當日之寶玉哉？寶玉聽了這話，越發怔了，因問：『為什麼要贖你？』襲人道：『這話奇了！我又比不得是你這裏家生子兒，一家子都在別處，獨我一個人在這裏，怎麼是個了局？』説得極是。寶玉道：『我不叫你去也難。』是頭一句駁，故用貴公子聲口，無理。襲人道：『從來沒這道理。便是朝廷宮裏，也有個定例，或幾年一選，幾年一入，也沒有個長遠留下人的理，別說你咧！』一駁更有理。

寶玉想一想，果然有理。自然。又道：『老太太不放你也難。』第二層仗祖母溺愛，更無理。襲人道：『為什麼不放？我果然是個最難得的，或者感動了老太太、太太，寶玉并不提王夫人，襲人偏自補出，周密之至！必不放我出去的，設或多給我們家幾兩銀子，留下我，然或有之；我卻也不過是個平常的人，比我強的，多而且多。蒙側：此等語言，便是襲卿心事。自我從小兒來了，跟着老太太，先伏侍了史大姑娘幾年，百忙中又補出湘雲來，真是七穿八達，得空便入。如今又伏侍了你幾年。如今我們家來贖，正是該叫去的，祇怕連身價也不要，就開恩叫我去呢。若說為伏侍的你好，不叫我去，斷然沒有的事。那伏侍的好〔七〕，是分內應當，庚側：這却是真心話。不是什麼奇功。我去了，仍舊有好的來〔八〕了，不是沒了我就不成事。』蒙側：再一駁，更覺反敲。◎精細有理。寶玉聽了這些話，竟是有去的理，無留的理，自然。心內越發急了，原當急。因又道：『雖然如此說，我祇一心留下你，不怕老太太不和你母親說。多多給蒙側：三字入神。你母親些銀子，他也不好意思接你了。』急心腸，故入于霸道無理。襲人道：『我媽自然不敢強。且漫說和他好說，又多給銀子；就便不好和他說，一個錢也不給，安心要強留下我，他也不敢不依。但祇是咱們家從沒幹過這倚勢仗貴霸道的事。這比不得別的東西，因為你喜歡，加十倍利弄了來給你，那賣的人不得吃虧，可以行得。如今無故平空留下我，于你又無益，反叫我們骨肉分離。這件事，老太太、太太斷不肯行的。』三駁不獨更有理，且又補出賈府自家（原無）慈善寬厚等事。寶玉聽了，思忖半晌，正是思忖祇有去的理，無留的理。乃說道〔九〕：『依你說，你是去定了？』自然。襲人道：『去定了。』庚側：口氣極像。寶玉聽了自思道：『誰知這樣一個人，這樣薄情無義。』余亦如此見疑。乃嘆道：『早知道都是要去的，『都是要去的』，妙！可謂觸類旁通，活是寶玉。我就不該弄了來，臨了剩我一個孤鬼。』蒙側：上古至今及後世有情者，同聲一哭！◎可謂見首知尾，活是寶玉。說着，便賭氣上床睡去了。又到無可奈何之時了。

原來襲人在家，聽見他母兄要贖他回去，補前文。他就說寶玉至死不放回去的。又說：『當日原是你們沒飯吃，就剩我還值幾兩銀子，若不叫你們賣，沒有個看着老子娘餓死的理。庚側：孝女，義女！◎補出襲人幼時艱辛苦狀，與前文之香菱，後文之晴雯大同小异，自是又副十二釵中之冠，故不得不補傳之。如今幸而賣到這個地方，可謂不幸中之幸。吃穿和主子一樣，又不朝打暮罵。況且如今爹雖沒了，你們卻又整理的家成業就，復了元氣。若果然還艱難，把我贖出來，再多掏澄幾個錢，也還罷了，庚側：孝女，義女！其實又不難了。這會子又贖我做什麼？權當我死了，庚側：可憐，可憐！再不必起贖我的念頭！』因此哭鬧了一陣。庚側：我也要哭（原作笑）。◎蒙側：同心同志，更覺幸遇。◎以上補在家今日之事，與寶玉問哭一句針對。

他母兄見他這般堅執，自然必不出來的了。況且原是賣倒的死契，明仗着賈宅是慈善寬厚之家，不過求一求，祇怕身價銀一并賞了，這是有的事呢。又夾帶出賈府平素施爲來，與襲人口中針對。二則，賈府中從不曾作踐下人，祇有恩多威少的。蒙側：鐵檻寺鳳卿受賂，令人悵恨。◎伏下多少後文。大凡老少房中所有親侍的女孩子們，更比待家下衆人不同，平常寒薄人家的小姐，也不能那樣尊重的。又伏下多少後文。先一句是傳中陪客，此一句是傳中本旨。因此，他母子兩個也就死心不贖了。既如此，何得襲人又作前語以愚寶玉，不知何意，且看後文。次後，忽然寶玉去了，他二人又是那般景况，一件閑事，一句閑文皆無，警甚！他母子二人心下更明白了，越發石頭落了地，而且是意外之想，彼此放心，再無贖念了。一段情結。妙甚！

如今且說襲人自幼見寶玉性格异常，四字好，所謂說不得不好也。其淘氣憨玩，自是出于衆小兒之外。更有幾件千奇百怪、口不能言的毛病兒。衹如此說更好，所謂『說不得聽明賢良，說不得痴呆愚昧』也。近來仗着祖母溺愛，父母亦不能十分嚴緊拘管，更覺放蕩弛縱，四字妙評。確甚。任情恣性，四字更好，亦不涉于惡，亦不涉于淫，亦不涉于驕，不過一味任性耳。最不喜務正。這還是小兒同病。每欲勸時，料不能聽，今日可巧有贖身之論，故先用騙詞，以探其情，以壓其氣，然後好下箴規。蒙側：以此法游刃者，有何不可解之牛？◎原來如此。今見他默默睡去了，知其情有不忍，氣已餒墮。不獨解悟，亦且有智。自己原不想栗子吃的，衹因怕為酥酪又生事故，亦如茜雪之茶等事，可謂伶俐多智之人。是以假以栗子為由，混過寶玉不提就完了。于是命小丫頭子們將栗子（十）拿去吃了，自己來推寶玉。

衹見寶玉（十一）泪痕滿面，蒙側：不知何故，我亦掩涕。◎正是無可奈何之時。襲人便笑道：『這有什麼傷心的，你果然留我，我自然不出去了。』寶玉聽這話有文章，寶玉不愚。便說道：『你倒說說，我還要怎麼留你，我自己也難說了。』二人素常情義。襲人笑道：『咱們素日好處，再不用說。但今日你安心留我，不在這上頭。我另說出兩三件事來，你果然依了我，就是你真心留我了，刀擱在脖子上，我也是不出去的了。』蒙側：以此等心，行此等事，昭昭蒼天，豈無明鑒（原作見）？

寶玉忙笑道：『你說，那幾件？我都依你。好姐姐，好親姐姐，疊二（原作疊）語，活見從紙上走一寶玉下來，如聞其呼，如見其笑。別說兩三件，就是兩三百件，我也依。『兩三百』不成話，却是寶玉口中。衹求你們同看着我，守着我，等我有一日化成了飛灰；

此評者所謂是何心思，始得口出此等不成話之至奇至妙之語，請諸公如何解得，如何評論。所勸者正爲此，偏于勸時一犯，妙甚！飛灰還不好，灰還有形迹，還有知識。灰還有知識，奇之不可勝言矣。余則謂人尚無知識者多甚。等我化成一股輕烟，風一吹便散了的時候，你們也管不得我，我也顧不得你們了。蒙側：人人皆以寶玉爲痴，孰不知世人比寶玉更痴。那時憑我去，我也憑你們愛那裏去就去了……』是聰明，是愚昧，是小兒淘氣，余皆不知，祇覺悲感難言，奇瑰愈妙！急的襲人忙捂他的嘴，說：『好好的，正為勸你這些，更說的狠了。』寶玉忙說道：『再不說這話了。』庚側：祇說今日一次？呵呵！玉兄，玉兄！你到底哄的那一個？襲人道：『這是頭一件要改的。』寶玉道：『改了。再要說，你就擰嘴。還有什麼？』

襲人道：『第二件，你真喜讀書也罷，假喜也罷，庚側：新鮮，真新鮮！祇是在老爺跟前或在別人跟前，你別祇管批駁誚謗，祇作出個喜讀書的樣子來，庚側：所謂開方便之門。◎寶玉又誚謗讀書人，恨此時不能一見如何誚謗。也教老爺少生些氣，庚側：大家聽聽，可是丫鬟説的話？在人前也好說嘴。他心裏想着，我家代代讀書，祇從有了你，不承望你不喜讀書，已經他心裏便又氣又愧。而且背前背後亂說那些混話，讀書上進的人，你就起個名字叫作「祿蠹」；二字從古未見，新奇之至，難怨世人謂之可殺，余却最喜。又說祇除「明明德」外無書，却是前人自己不能解聖人之書，另出己意，混編纂出來的。寶玉目中猶有『明明德』三字，心中猶有『聖人』二字，又素日皆作如是等語，宜乎人人謂之瘋傻不肖。這些話，怎麼怨得老爺不氣，不時時打你。叫別人怎麼想你？』寶玉笑道：『再不說了。那原是那小時不知天高地厚，信心胡說，如今再不敢說了。又作是語，說不得不乖覺，然又是作者瞞人之處也。還有什麼？』

襲人道：『再不可毀僧謗道，〔一件。是婦女心意。〕調脂弄粉。〔二件。若不如此，亦非寶玉。〕還有更要緊的一件，〔忽又作此一語。〕再不許吃人嘴上擦的胭脂了，〔此一句是聞所未聞之語，宜乎其父母嚴責也。〕與那愛紅的毛病兒。』寶玉道：『都改，都改。再有什麼，快說。』襲人笑道：『再也沒有了。祇是百事檢點些，不任意任情的就是了。〔總包括盡矣。其所謂『花解語』者大矣，不獨冗冗爲兒女之分也。〕你若果都依了，便拿八人轎也抬不出我去了。』寶玉笑道：『你這裏長遠了，不怕沒八人轎你坐。』襲人冷笑道：『這我可不希罕。有那個福氣，沒有那個道理。縱〔十二〕坐了，也沒甚趣。』〔庚眉：『花解語』一段，乃襲卿滿心滿意將玉兄爲終身得靠，千妥萬當，故有是語（原作餘）。閱至此，余爲襲卿一嘆。丁亥春，畸笏叟。◎蒙側：真正逼人。◎調侃不淺。然在襲人能作是語，實可愛可敬可服之至，所謂『花解語』也。〕

二人正說着，見秋紋走進來，說：『快三更了，該睡了。方才老太太打發嬤嬤來問，我答應睡了。』寶玉命取表來〔照應前鳳姐之文。〕看時，果然針已指到亥時，〔表則是表的寫法，前形容自鳴鐘則是自鳴鐘，各盡其神妙。〕方從新盥漱，寬衣安歇，不在話下。

至次日清晨，襲人起來，便覺身體發重，頭疼目脹，四肢火熱。先時還挫掙的住，次後捱不住，祇要睡着，因而和衣躺在炕上。〔庚側：過下引綫。〕寶玉忙回了賈母，傳醫診視，說道：『不過偶感風寒，吃一兩劑藥疏散疏散就好了。』開方去後，令人取藥來煎好。剛服下去，命他蓋上被渥汗，寶玉自去黛玉房中來看視。〔爲下文留地步。〕

彼時黛玉自在床上歇午，丫鬟們皆出去自便，滿屋內靜悄悄的。寶玉揭起綉綫軟簾，進入裏間。祇見黛玉睡在那裏，忙走〔十三〕上來推他道：『好妹妹，才住了『好姐姐』，又聞『好妹妹』，大約寶玉一日之中，一時之內，此六個字未曾暫離口角，妙！才吃了飯，又睡覺。』將黛玉喚醒。若是別部書中寫此時之寶玉，一進來便生不軌之心，突萌苟且之念，更有許多賊形鬼狀醜態邪言矣。此却反推喚醒他，毫不在意，所謂說不得淫蕩是也。黛玉見是寶玉，因說道：『你且出去逛逛。我前兒鬧了一夜，今兒還沒有歇過來，補出嬌怯態度。渾身酸疼。』寶玉道：『酸疼事小，怕睡出病來。我替你解悶兒，混過困去就好了。』寶玉又知養身。黛玉衹合着眼，說道：『我不困，衹略歇歇兒，你且別處去鬧會子再來。』寶玉推他道：『我往那裏去呢，見了別人就怪膩的。』所謂『衹有一顰可對』，亦屬怪事。黛玉聽了，『嗤』的一聲笑道：『你既要在這裏，那邊去老老實實的坐着，咱們說話兒。』寶玉道：『我也歪着。』寶玉見沒有枕頭，纏綿密切入微。因說：『咱們在一個枕頭上罷。』更妙！漸逼漸近，所謂『意綿綿』也。黛玉道：『放屁！庚側：如聞。外頭不是枕頭？拿一個來枕着。』寶玉出至外間，看了一看，回來笑道：『那個我不要，也不知是那個臟婆子的。』黛玉聽了，睜開眼，睜眼。起身起身。笑道：笑。『真真你就是我命中的「妖魔星」！妙語！妙之至！想見其態度。請枕這一個！』說着，就將自己枕的推與寶玉，又起身將自己的再拿了一個來，自己枕了，二人對面倒下。

黛玉因看見寶玉左邊腮上有鈕扣大小的一塊血漬，便欠身湊近前來，以手撫之，細看。想見其纏綿態度。又道：『這又是誰的指甲刮破了？』妙極，補出素日。寶玉側身，一面笑道：庚側：對『推醒』看。『不是刮的，衹怕是才剛替他們淘漉胭脂膏子，濺上了一點兒。』遥與後文平兒于怡紅院晚妝時對照。說着，便找手帕子要揩拭。黛玉便用自己的帕子替他揩拭了，想見情之脉脉，意之綿綿。口内說道：『你又幹這些事了。又是勸戒語。幹也罷了，一轉細極，這方是顰卿，不比別人一味固執死勸。必定還要帶出幌子來。便是舅舅看〔十四〕不見，別人又當奇事，新鮮話兒，去學舌討好兒，補前文之未到者。吹到舅舅耳裏，又使大家不幹淨惹氣。』『大家』二字，何妙之至，神之至，細膩之至！乃父責其子縱加以笞楚，何能『使大家不幹净』哉？今偏『大家不幹净』，則知賈母如何管孫責子，遷怒于衆，及自己心中多少抑鬱難堪難禁，代憂代痛一齊托出。

寶玉總未聽見這些話，庚眉：一句描寫寶（原無）玉，刻骨刻髓，至矣（原作已），盡矣！□□壬午春。◎可知昨夜『情切切』之語，亦屬行雲流水矣。祇聞得一股幽香，卻是從黛玉袖中發出，聞之令人醉魂酥骨。却象是淫極，然究竟不犯一些淫意。寶玉一把便將黛玉的袖拉住，要瞧籠着何物。黛玉笑道：『天時寒冷〔十五〕，誰帶什麼香呢。』庚側：口頭語。猶在寒冷之時。寶玉笑道：『既然如此，這香是那裏來的？』黛玉道：『連我也不知道。正是。按諺雲：『人在氣中忘氣，魚在水中忘水。』余今續之曰：『美人忘容，花則忘香。』此則黛玉不自知骨肉中之香耳。想必是櫃子裏頭的香氣，衣服上熏染的也未可知。』有理。寶玉搖頭道：『未必。這香的氣味奇怪，不是那些香餅子、香球子、香袋子的香。』自然。黛玉冷笑道：冷笑便是文章。『難道我也有什麼「羅漢」「真人」給我些香不成？便是得了奇香，也沒有親哥哥、親兄弟弄了花兒、朵兒、霜兒、雪兒替我炮制。活顰兒，一絲不錯。我有的是些俗香罷了。』

寶玉笑道：『凡我說一句，你就拉上這麼些，不給你個利害，也不知道，從今兒可不饒你了。』說着翻身起來，將兩祇手呵了兩口，活畫。便伸向黛玉隔肢窩內兩肋下亂撓。黛玉素性觸癢不禁，寶玉兩手伸來亂撓，便笑的喘不過氣來，口裏說：『寶玉！你再鬧，我就惱了。』如見如聞。寶玉方住了手，笑問道：『你還說這些不說了？』黛玉笑道：『再不敢了。』一面理鬢畫。笑道：『我有奇香，你有「暖香」沒有？』奇問。

寶玉見問，一時解不來，一時原難解，終遜黛卿一等，正在此等處。因問：『什麼「暖香」？』黛玉點頭嘆笑道：畫。『蠢才，蠢才！你有玉，人家就有金來配你；人家有「冷香」，你就沒有「暖香」去配？』寶玉方聽出來。的是顰兒。活畫。然這是阿顰一生心事，故每不禁自及之。寶玉笑道：『方才求饒，如今更說狠了。』說着，又去伸手。黛玉忙笑道：『好哥哥，我可不敢了。』寶玉笑道：『饒你，祇把袖子我聞一聞。』說着，便拉了袖子籠在面上，聞個不住。黛玉奪了手道：『這可該去了。』寶玉笑道：『去？不能。咱們斯斯文文的躺着說話兒。』說着，復又倒下。黛玉也倒下，用手帕子蓋上臉。畫。寶玉有一搭沒一搭的說些鬼話，先一總。黛玉祇不理。寶玉問他幾歲上京，路上見何景致古迹，揚州有何遺迹故事，土俗民風。黛玉祇不答。

寶玉祇怕他睡出病來，原來祇爲此，故不暇傍（原作防）人嘲笑，所以放蕩無忌處，不特此一件耳。便哄他道：『哎喲！你們揚州衙門裏有一件大故事，庚側：像個說（原作親）故事的。你可知道？』黛玉見他說的鄭重，且又正言厲色，祇當是真事，因問：『什麼事？』寶玉見問，便忍着笑順口說道：（庚側：又哄我看書人。）『揚州有一座黛山，山上有一個林子洞。』黛玉笑道：『真是撒謊，自來也沒聽見這山。』（庚側：山名、洞名，顰兒已知之矣。）寶玉道：『天下山水多着呢，你那裏知道這些？等我說完了，你再批評。』（庚側：不先了此句，可知此謊再謅不完的。）黛玉道：『你且說。』寶玉又說：『林子洞裏原來有群耗子精。那一年臘月初七日，老耗子升座議事，（耗子亦能升座且議事，自是耗子有賞罰有制度矣。今之耗子猶穿壁嚙物，其升座者置而不問哉？哈哈！）因說：「明日乃是臘八，世上人都熬臘八粥。如今我們洞中果品短少。須得乘此打劫些來方妙。」（庚側：難道耗子也要臘八粥吃？一笑。◎議的（原作問）是這事，宜乎爲鼠矣。）乃拔令箭一枝。遣一能幹的小耗子（原來能于此者便是小鼠。）前去打聽。一時小耗回報：「各處察訪打聽已畢，惟有山下廟裏果米最多。」（廟裏原來最多，妙，妙！）老耗問：「米有幾樣？果有幾品？」小耗道：「米豆成倉，不可勝記。果品有五種：一紅棗，二栗子，三落花生，四菱角，五香玉（十六）。」老耗聽了大喜，即時點耗前去。乃拔令箭問：「誰去偷米？」一耗便接令箭去偷米。又拔令箭問：「誰去偷豆？」又一耗接令去偷豆。然後一一的都各領令箭（十七）去了。（庚側：玉兄也知瑣碎，以抄近爲妙。）祇剩下香玉一種，因又拔令箭問：「誰去偷香玉？」祇見一個極小極弱的小耗應道：（庚側：玉兄，玉兄！唐突顰兒了！）「我願去偷香玉。」老耗并衆耗見他形樣，恐不諳練，且怯懦無力，都不準他去。小耗道：「我雖年少身弱，卻是法術無邊，口齒伶俐，機謀深遠。（這三句暗爲黛玉作評，諷的妙！）此去包管比他們偷的還巧呢。」

衆耗忙問：「如何比他們巧？』小耗道：「我不學他們直偷。庚側：不直偷，可畏，可怕！我衹搖身一變，也變成個香玉，蒙側：作意從此透露。滾在香玉堆裏，使人看不出，聽不見，卻暗暗的用分身法搬運，漸漸的就搬運盡了。庚側：可怕，可畏！豈不比直偷硬取的巧些？」果然巧，而且最毒，直偷者可防，此法不能防矣。可惜這樣才情，這樣學術，却是一耗耳。衆耗聽了，都道：「妙卻妙，衹是不知怎麼個變法，你先變個我們瞧瞧。」小耗笑道：「這個不難，等我變來。」說畢，搖身就變，竟變了一個最標致美貌的一位小姐。衆耗忙笑道：「變錯了。變錯了。原說變果子的，如何變出小姐來？」余亦說變錯了。小耗現形笑說：「我說你們沒見世面，衹認得這果子是香玉，卻不知鹽課林老爺的小姐，才是真正香玉呢！」』前面有『試才題對額』，故緊接此一篇無稽亂話。前無則可，此無則不可。蓋前系寶玉之懶爲者，此系寶玉不得不爲者。世人毀謗無礙，獎譽（原作舉）不必。

黛玉聽了，翻身爬起來，按着寶玉笑道：『我把你爛了嘴的！我就知道你是編我呢。』說着，便擰的寶玉連連央告，說：『好妹妹，饒我罷，再不敢了！我因為聞你香，忽然想起這個故典來。』庚眉：『玉生香（原作言）』是要與『小恙梨香院』對看，愈覺生動活潑。且前以黛玉，後以寶釵，特犯不犯，好看煞！□□丁亥春，畸笏叟。黛玉笑道：『饒罵了人，還說是故典呢。』

一語未了，衹見寶釵走來，蒙側：不犯梨香院。妙。笑問：『誰說故典呢？我也聽聽。』黛玉忙讓坐，笑道：『你瞧瞧，有誰！他饒罵了人，還說是故典。』寶釵笑道：『原來是寶兄弟，怨不得他，他肚子裏的故典原多。』妙諷。

衹是可惜一件，妙轉。凡該用故典之時，他偏就忘了。更妙。有今日記得的，前兒夜裏的芭蕉詩就該記得。眼面前的倒想不起來，別人冷的那樣，你急的衹出汗。與前『拭汗』二字針對。不知此書何妙至如此！有許多妙談妙語，機鋒詼諧，各得其時，各盡其理。前梨香院黛玉之諷則偏而趣，此則正而趣。二人真是對手，兩不相犯。這會子偏又有記性〔十八〕了。』黛玉聽了笑道：『阿彌陀佛！到底是我的好姐姐，你一般也遇見對子了。可知一還一報，不爽不錯的。』剛說到這裏，衹聽寶玉房中一片嚷聲，吵鬧起來。後回再見。

總評

若知寶玉真性情者，當留心此回。其與襲人何等留連，其于畫美人事何等古怪，其遇茗烟事何等憐惜，其于黛玉何等保護。再襲人之痴忠，畫人之惹事，茗烟之屈奉，黛玉之痴情，千態萬狀，筆力勁尖，有水到渠成之象，無微不至。真畫出一個上乘智慧之人，入于魔而不悟，甘心墮落。且影出諸魔之神通，亦非泛泛，有勢不能輕登彼岸之形。凡我衆生掩卷自思，或于身心少有補益。小子妄談，諸公莫怪。

校記

〔一〕原文無『踹』字，據庚辰本補。

〔二〕此處的『項上』二字，原文爲『頂上』，據庚辰本改。

〔三〕原文無『事』字，據蒙府本補。

〔四〕原文無『李』字，據庚辰本補。

〔五〕此處的『實在好的，就該給你家作奴才麽』句，『就』字據蒙府本補。此句庚辰本爲：『我一個人是奴才命罷了，難道連我的親戚都是奴才命不成？定還要揀實在好的丫頭才往你家來。』

〔六〕原文無『明年』二字，據庚辰本補。

〔七〕原文無『……不叫我去，斷然没有的事。那伏侍的好，……』句，據庚辰本補。

〔八〕原文無『來』字，據庚辰本補。

〔九〕原文無『乃説道』數字，據庚辰本補。

〔十〕原文無『子』字，據蒙府本補。

〔十一〕原文無『祇見寶玉』四字，據己卯本補。

〔十二〕此處的『縱』字，原文爲『總』，據列藏本改。

〔十三〕此處的『走』字，原文爲『去』，據列藏本改。

〔十四〕原文無『看』字，據蒙府本補。

〔十五〕原文祇一『冷』字，據南京圖書館藏戚序本補。

〔十六〕此處的『香玉』二字，蒙府本、庚辰本、己卯本、列藏本均與此同，但夢稿本爲『香芋』。後面幾處因與此同，不再注。

〔十七〕原文無『令箭』字，據蒙府本補。

〔十八〕此處的『性』字，原文爲『心』，據庚辰本改。